国家古籍整理出版专项经费资助项目

欧阳修集

章培恒　安平秋　马樟根　主编
林冠群　周济夫　导读
曾枣庄　审阅

中华文史名著精选精译精注·全民阅读版

凤凰出版社

图书在版编目（CIP）数据

欧阳修集 / 林冠群，周济夫导读. -- 南京 : 凤凰出版社，2020.8

（中华文史名著精选精译精注 : 全民阅读版 / 章培恒，安平秋，马樟根主编）

ISBN 978-7-5506-3142-7

Ⅰ. ①欧… Ⅱ. ①林… ②周… Ⅲ. ①宋诗－诗集②古典散文－散文集－中国－北宋 Ⅳ. ①I214.412

中国版本图书馆CIP数据核字(2020)第061607号

书　　名	欧阳修集
导　　读	林冠群　周济夫
责任编辑	许　勇
书籍设计	徐　慧
出版发行	凤凰出版社(原江苏古籍出版社) 发行部电话025-83223462
出版社地址	南京市中央路165号,邮编:210009
出版社网址	http://www.fhcbs.com
照　　排	凤凰零距离数字印前中心
印　　刷	苏州市越洋印刷有限公司 苏州市吴中区南官渡路20号　邮编:215104
开　　本	880毫米×1230毫米　1/32
印　　张	8.5
字　　数	175千字
版　　次	2020年8月第1版　2020年8月第1次印刷
标准书号	ISBN 978-7-5506-3142-7
定　　价	42.00元 (本书凡印装错误可向承印厂调换,电话:0512-68180638)

目录

导读

北宋大文学家欧阳修，字永叔，庐陵（今江西吉安）人，生于宋真宗景德四年（1007），卒于神宗熙宁五年（1072）。自号“醉翁”，晚年又自号“六一居士”。

欧阳修幼年时家境清贫，四岁时丧了父亲，靠母亲教养成人。欧阳修的父亲生前是个清廉的地方官吏，母亲也通晓大义，常以他父亲的言行对他进行教育。这些对欧阳修思想的健康成长都产生过很大的影响。他二十四岁时考中进士，出任西京（今洛阳）留守推官，从此开始了他的政治生涯。欧阳修在政治上始终恪守儒家“仁政爱民”的准则，从维护宋王朝政权的立场出发，一生坚持不懈地与那些蠹国害民的所谓“邪恶小人”作斗争。尤其可贵的是，他从一开始走入官场，就抱定了维护正义、明辨是非、富民强国的态度和理想，不愿与苟且随和、贪污腐化的官僚作风妥协。在范仲淹积极上书言政、被宰相吕夷简诬为“朋党”的时候，他坚决支持范仲淹，写下了著名的《与高司谏书》，痛斥投机取巧、阿谀逢迎的小人行径，结果因此被贬官夷陵（今湖北宜昌）。后来他在《与尹师鲁书》中说：“往时砧斧鼎镬，皆是烹斩人之物，然士有死不失义，则趋而就之，与几席枕藉之无异。有义君子在傍，见有就死，知其当然，亦不甚叹赏也。史册所以书之者，盖特欲警后世愚懦者，使知事有当然而不得避尔，非以为奇事而诧人也。”表示他为支持正义被贬官是很平常的事，就是被“烹斩”也不值得大惊小怪。

由于他自觉坚持这样的严正立场，所以他在当时的政坛上以“直言敢谏”著称，不仅对一般王公大臣的邪恶行为敢于提出批评，而且对政事上的积弊以至皇帝决策上的失误，也敢于上书直陈。他在《准诏言事上书》一文中写道：“从来所患者夷狄，今夷狄叛矣；所恶者盗贼，今盗贼起矣；所忧者水旱，今水旱作矣；所赖者民力，今民力困矣；所须者财用，今财用乏矣。陛下之心日忧于一日，天下之势岁危于一岁。”对当时国家的政治形势作了最危险的估计，外有敌国叛乱，内有盗贼骚扰，水旱灾害，民力劳困，财政枯竭，形势一片“大坏”。这样议论国家大事，正是今天我们所谓的“报忧不报喜”，是很需要一些勇气的。同时，他还敢于进一步指出仁宗皇帝决策上的弊端：“一曰不慎号令，二曰不明赏罚，三曰不责功实。”还警告说：“方今天文变于上，地理逆于下，人心怨于内，四夷攻于外，事势如此矣，非是陛下迟疑宽缓之时，惟愿为社稷生民留意。”仁宗皇帝对欧阳修这种真诚坦率，敢于直言的态度十分赞赏，特别赐给他五品官服，被破格提拔为“知制诰”（代皇帝起草文稿的官）。其时欧阳修年三十六岁。

封建时代，敢于直言的忠臣，几乎每个朝代都有，但是能像宋仁宗这样虚心接纳各种意见、不拒绝批评的皇帝却是罕见的。这正是欧阳修个人的幸运之处。然而封建专制体制本身也决定了欧阳修的这种幸运是不可能长久的。一个深居简出、自我封闭于九重宫殿内的孤家寡人，他既不能广泛地接触社会，了解各方面的情况，又必须对每项重大事情作出最后裁决，而周围又永远包围着一大群觊觎着权位利禄而不愿说真话的官僚，自然不可能保证对任何人和事都能作出正确的判断或永远坚信不疑。在他被皇帝提拔为知制诰之后，虽然做了不少有益的事，提了不少有益的意见，最终还是被忌恨他的官僚们罗织罪名，贬官降职，到滁州任地方官。而且政敌们对欧阳修的打击并不是孤立的，在此之前，他们对主持"庆历新政"的范仲淹、杜衍等人也以"朋党专权"的罪名动摇仁宗对他们的信任，一一逐出京城。十二年后，当仁宗皇帝准备再度起用欧阳修的时候，又有人模仿欧的笔迹冒名写了一份奏章要求裁汰宫里的不法宦官。这是一个卑鄙而毒辣的阴谋，目的是要以此激怒宦官，借宦官的势力挤掉欧阳修。欧阳修果然因此不受重用，被派去修纂《新唐书》。至嘉祐六年(1061)，机遇将欧阳修推到了仕宦的顶峰，由枢密副使出任参知政事。其时，仁宗因中风卧病，由曹太后垂帘听政。曹太后是宋初功臣曹彬的孙女，被史家誉为贤明的皇后。即使如此，欧阳修仍逃不脱被污蔑毁谤的命运。他妻子的弟弟薛宗孺因曾企图凭藉他的权势办私事被拒绝，达不到目的，便怀恨在心，造谣说他与自己的儿媳有"暧昧关系"。谣言一传开，政敌们立即上奏章攻击他"帷薄不根"。最后虽经神宗派人查明并无此事，但这种有关个人名节的无耻攻击使欧阳修胆寒齿冷，只好要求罢去相位，出京任亳州知州。从此他一直在地方官任上辗转迁徙，并不断要求退休归隐。至神宗熙宁年间，王安石推行新法，欧阳修在青州任上两次上书朝廷，反对新法中的“青苗法”，根据自己的亲眼所见，指斥这简直是“放债取利”，并在自己管辖的行政区域内下令停止“青苗法”，因此受到朝廷的谴责。欧阳修这一反对“新法”的举动，被某些论者看作是“守旧”行为，认为这是欧阳修当上宰相，社会地位提高之后，立场观点渐渐改变，由革新转向保守的结果。这种观点值得商榷。欧阳修反新法的时候，他已经罢相，出任地方官吏，政治地位及处境都已经“走下坡路”，若以“居上位便保守，居下位便革新”的逻辑硬套，他这时就不应反对新法而应力主改革。他自青少年时代起，就有革新弊政，振兴国家的决心与志愿，曾积极参与庆历新政。这样一个有志于改革的正直知识分子，说他一下子便转变立场，变成事事看不惯的守旧派，也不合情理。诚如当时的御史中丞吕公著所言：“昔日之所谓贤者，今皆以此举为非，而主议者一切诋为流俗浮论，岂昔皆贤而今皆不肖乎？”（《宋史纪事本末》卷三十七）。

王安石是欧阳修赏识推荐的人才，两人的私人感情并不坏。欧阳修于熙宁四年获准“致仕”（退休），五年去世，年六十六。王安石给他写了祭文，对他的一生给予了高度的评价。其中有这样的话：“呜呼！自公仕宦四十年，上下往返，感世路之崎岖。虽屯邅困踬，窜斥流离，而终不可掩者，以其有公议之是非，既厌复起，遂显于世。果敢之气，刚正之节，至晚而不衰。”这样一位贤者，在地方官任上，不会违背事实乱说“青苗法”的坏话。

欧阳修一生在政治上虽然没有什么突出的重大贡献，但他生当社会矛盾尖锐复杂、国弱民贫的年代，自以“古先圣贤”的遗训作为立朝处事的行为准则，不避权贵，敢于直言，独抒己见。欧阳修虽然以文章知名于世，但他一生中首先看重的是为政、做人。认为“文章止于润身，政事可以及物”（《宋史·欧阳修传》）。意即文章只是为个人扬名延誉的事，而政事可以为社会谋利益。因为他自始至终坚持这样的观点，所以由他倡导并获得重大胜利的“北宋古文运动”其根本的出发点就是为社会、为国家提倡一种朴实、致用的“古文”，扫荡那些雕章琢句、险怪艰涩、浮艳侈靡的不正文风。

欧阳修的“古文运动”大体包含三个方面的活动：一是利用自己的政治地位和社会影响，严厉批评怪诞、浮靡文风，甚至利用行政手段打击那些文风不正的读书人。嘉祐二年的进士考试，欧阳修利用自己主考官的身份，把那些写作怪文的考生一律刷掉。为此，参加科举考试的部分考生曾在大街上围住他的马头吵闹示威，但他依然不为所动。

二是团结一大批文人在自己的周围，努力倡导新文风，以集体的文学实践与不正文风相抗衡，在社会上形成一股中坚力量。这些人当中，同辈的有尹洙、穆修、苏舜钦、梅尧臣、石介等；晚辈的有苏轼兄弟、王安石、曾巩等。由于这些人在社会上不仅品德高尚，而且才华出众，经过欧阳修的夸赞、奖掖，很快在文坛上产生巨大的影响，推动了“古文运动”的发展。

三是欧阳修以自己成功的创作实践开创了一条平易自然的宋代散文的路子。以后又经过苏轼等文学巨匠的不断开拓，终于使“古文运动”取得了最后的成功。

欧阳修文章平易自然的风格是比较鲜明的。从语言的运用看，他努力创造一种接近于当时口语的书面语言，很少运用生僻、险怪字眼。这一点与同样倡导“古文运动”的韩愈有明显的区别。韩愈虽也提倡“文从字顺”，并创作了不少明晰、条畅的优秀散文，但他同时也雅好奇崛，爱用奇字奇句，有的甚至读起来佶屈聱牙，晦涩难懂。欧阳修基本上避免了这种毛病。对于这一点，罗大经《鹤林玉露》评论道：“韩、柳犹用奇字重字，欧阳修唯用平常轻虚字，而妙丽古雅，自不可及。”南宋理学家朱熹也有类似的看法：“欧公文章……只是平易说道理，初不曾使差异底字换却那寻常底字。”（《朱子语类》一百三十九）如他的《醉翁亭记》一气用了二十一个“也”字，骈散结合，声情并茂，已成了文史佳话。在叙述的节奏上，欧文舒缓曲致，从容不迫；首尾关联，气势回环。就像爽朗的清风在疏林间缓缓吹拂。关于这一特点，与欧阳修同时的苏洵的评价是“纡徐委备，往复百折，而条达疏畅，无所间断；气尽语极，急言竭论，而容与闲易，无艰难劳苦之态。”（《上欧阳内翰书》）从那以后，“纡徐委备”一直是后人评价欧文的不刊之论。不管是政论还是随笔小品，乃至于赋和骈文，都有这种从容道来，透彻明了的特点。

欧阳修散文的另一个特点是用典较少。尤其是政论，引经据典，以古例今，是封建时代一切奏议策论的惯用手法。因为这一特点，一些自恃博学多识的文士常常连篇累牍地引用典故，堆砌饾饤，理不胜辞，成了通病。欧阳修的政论比较注意避免这种毛病，文中需要征引故实时，尽量围绕主题，选择典型习见的例子，以能说明问题为度，不妄用滥用。如《准诏言事上书》一文，将近五千言，只用了六个典故。即论帝王应严令树威，引用汉武帝、唐太宗征服四夷，建威远域的故事；论用兵，则举曹操、李靖、王寻、苻坚的例子，说明“前代用兵之人，多者常败，少者常胜”的道理。而且这些典故都是随文带出，点到为止，有的只一句带过，并不铺陈赘述。因为用典少，所以欧阳修同时代的某些博学者尝讥笑他“不读书”。有一次他派人去向刘贡父请教几个问题，刘贡父事后对人说：“好个欧九！极有文章，可惜不甚读书。”（见《宋稗类钞·博识》）把好文章与多用典相提并论，这显然是一种误解。

如果说欧阳修在散文方面开创有宋一代新文风的话，在词作方面恰好与此相反，基本上沿袭唐五代以来“花间派”词人的老路，一直在艳情、花月之间流连，固守婉约词人的藩篱。虽然他的词也有平易自然的特色，但因为内容上的差异，过去的词论者都不敢把他的这些作为“诗余”“小道”的词作与他的诗文看作是金玉相当的等价物，而往往流露出一种“惜哉大手笔，胡为幽柔词”的惋叹。甚至有的人还怀疑他的传世词作是别人伪造的。《白香词谱笺》卷一引《四库全书总目》云：“曾慥《乐府雅词序》有云，欧公一代儒宗，风流自命，词章窈眇，世所矜式。乃小人或作艳曲，谬为公词。”又引《西清诗话》云：“欧阳修之浅近者，谓是刘辉所伪作。《名臣录》亦云，修知贡举，为下第举子刘辉等所忌，以《醉蓬莱》《望江南》诬之。”又引《词苑丛谈》：“欧公小词间见诸词集，陈氏《书录》一卷，其间多有与《阳春》《花间》相混者，亦有鄙亵之语一二厕其中，当是仇人无名子所为。”封建士大夫对词这种文学形式的态度并不严肃，往往把它看作是娱宾遣兴、花酒传情的玩意。因为不严肃，所以杂入伪作，或与他集混淆的现象当会出现，而“仇人所为”的说法，似乎掺杂着回护大作家的情绪。但无论怎样，像欧阳修这样有着严肃的政治态度、看重节操的文人写出一些浓艳言情、流连光景的“花间词”也并不是什么怪事，何况挟妓冶游，诗酒放荡正是那个时候官场中普遍的风气。人有复杂的感情，有多方面的生活追求，总不能老板着一副面孔，只有一种表情。

让我们惊叹的是，在词这种无所顾忌的抒情天地里，欧阳修的情思似乎更显得空灵蕴藉，真挚绵长，或者说更能表现出较高较纯的艺术技巧，塑造出较为动人的艺术形象。因此，在宋代词坛上，欧阳修的词还是有一席之地，声誉颇高的。如《蝶恋花・庭院深深深几许》，一连三个形容词的叠用，别致而有境界，受到著名女词人李清照的激赏、模仿。又《临江仙・柳外轻雷池上雨》结句“水精双枕，傍有堕钗横”，构思精巧，饶有情味，也是宋词中的佳作。

比较起来，欧阳修的诗词文中，诗的成就最低。这主要是以文为诗，以议论为诗妨碍了诗意形象的创造，破坏了意境的浑成，因而不耐寻味。他写了大量的七言、五言歌行，议论化的倾向很明显，如《答杨辟喜雨长句》有如奏议，《读书》恰似家训，直率铺陈，满足于理念、意理的阐明，这是他很多诗作的弱点。

但是欧阳修的诗也有不少可取之处，平易流畅，率真自然，这就是个很突出的优点。如《戏答元珍》的自然工巧，《绿竹堂独饮》的感情充沛，都颇有“天然去雕饰”的韵致。苏轼称他“诗赋似李白”（《六一居士集序》）。若就个别章句而言，还不算瞎捧。另外，欧阳修的诗能大胆揭露民间疾苦和朝廷弊政（如《边户》），这与他在政治上的革新进取精神是一致的。

本书导读及翻译由林冠群完成；解题与注释由周济夫完成。所收欧阳修诗词文着重选其具有代表性的篇章，希望读者能见到他各体作品风格的全貌，所以其中一些优秀之作限于篇幅并未录入，而且在注释、翻译等方面，必定存在不少欠妥之处，恳请读者指教。

林冠群（海南日报社）

周济夫（海南日报社）

诗

猛虎

本篇为欧阳修早期的作品，具体写作年代难以确定。诗嘲笑老虎自恃爪牙锋利，狐狸狡猾多疑，但皆不免为人所擒，儆戒恶人不可凭仗勇力和奸谋而施暴。作者意在说理，诗句比较质直，有寓言化的倾向，但对猛虎的“猛势”，刻画很工。

猛虎白日行，心闲貌扬扬[①]。当路择人肉，罴猪不形相[②]。头垂尾不掉，百兽自然降。暗祸发所忽[③]，有机埋路旁[④]。徐行自踏之，机翻矢穿肠。怒吼震林丘，瓦落儿堕床。已死不敢近，目睛射余光。虎勇恃其外，爪牙利钩铓[⑤]。人形虽羸弱[⑥]，智巧乃中藏。恃外可摧折，藏中难测量。英心多决烈[⑦]，自信不猜防。老狐足奸计，安居穴垣墙[⑧]。穷冬听冰渡[⑨]，思虑岂不长？引身入扱中[⑩]，将死犹跳踉[⑪]。狐奸固堪笑，虎猛诚可伤。

① 扬扬：自得的样子。 ② 形相：端详，相度。不形相：犹言看不上眼。 ③ 忽：忽略。 ④ 机：捕兽器。 ⑤ 钩：一种似剑而曲的兵器。铓：兵器的锋刃。钩铓：比喻虎爪的锋利。 ⑥ 羸：瘦。 ⑦ 英心：英豪之心。决烈：暴烈。 ⑧ 穴：这里作动词用，意即打洞。 ⑨ 听冰渡：形容狐狸的警惕、多疑。《汉书·文帝纪》颜师古注："狐之为兽，其性多疑，每渡冰河，且听且渡。" ⑩ 扱（xī）：许慎《说文解字》："扱，收也。"段玉裁注曰："收者，捕也。"此指捕狐器。 ⑪ 跳踉：跳跃。

翻译

威猛的老虎白日穿行，

心无顾忌，气势昂扬。

专门堵住大路扑食人肉，

熊罴野猪的滋味它还看不上。

别看它垂着头，夹着尾，一动不动，

各种野兽见了它，自会赶紧避让。

隐藏的祸患往往因忽略而发，

致它死命的机关埋设路旁。

它慢慢走着，一脚踏上，

触发机关，利箭穿肠！

它愤怒咆哮，吼声震动山林，
屋瓦震落，婴儿也被颠下床。
纵然它死了，大家还不敢接近，
那眼睛仍射出吓人的余光……
老虎的勇猛，只凭借外部形体，
爪牙同锋锐的坚钩利刃一样。
人的外表虽然羸弱，
智慧技巧却在心中深藏。
外表的强壮可以摧折，
深藏的智巧难以窥量。
虎心英武暴烈，非常自信，
对阴谋暗算全不提防。
而老狐狸奸狡多计，
安居无事，也要打洞于颓垣废墙。
深冬渡冰河，边听边渡，
考虑问题，岂不圆熟周详？
还是被猎人诱入扱中，
临死仍在挣扎跳荡。
狐狸的奸狡固然可笑，
老虎的威猛也确实令人哀伤。

被牒行县因书所见呈僚友

明道元年(1032)作。这年夏秋之间,洛阳地区发生旱蝗灾害。欧阳修奉命视察河南府属县。被牒,被命。牒,官府间的往来文书。此诗写巡视途中所见灾区荒凉破败的景象及百姓祷雨驱蝗的情形,苍凉凄切,感情真挚,表现了作者对民间疾苦的关怀。

《周礼》恤凶荒①,轺车出四方②。土龙朝祀雨③,田火夜驱蝗。木落孤村迥,原高百草黄。乱鸦鸣古堞,寒雀聚空仓。桑野人行馌④,鱼陂鸟下梁⑤。晚烟茅店月,初日枣林霜⑥。墐户催寒候⑦,丛祠祷岁穰⑧。不妨行览物,山水正苍茫。

---

①《周礼》:儒家经典之一,亦称《周官》或《周官经》。恤:怜恤,救济。凶荒:灾荒。《周礼·地官司徒》中有关于救济荒年,以免百姓流离失所的记载。 ② 轺车:古代官家的使者所乘的轻便马车。③ 土龙:用来求雨的泥土塑的龙。 ④ 行馌(yè):送饭往田间。 ⑤ 陂(bēi):圩池。梁:鱼梁,为捕鱼而筑的堰坝。这句的意

思是：干旱，塘里无水无鱼，但饥饿的鸟儿仍落到梁上觅食。⑥“晚烟茅店月”二句：化用温庭筠《商山早行》：“鸡声茅店月，人迹板桥霜。” ⑦ 墐（jìn）户：用泥土堵塞门窗。《诗经·七月》：“塞向墐户。” ⑧ 丛祠：荒野丛林间的小庙宇。祷：祈求。岁穰：丰年。

翻译

按《周礼》精神，怜惜荒年的百姓，
官家的轺车到处救济，奔赴四方。
塑起土龙，清晨祭告求雨，
田里燃起火把，晚上忙着驱蝗。
树叶落尽，远处是孤寂的村庄，
一望无际的高原，百草枯黄。
古城楼上，乌鸦鸣噪飞扑，
饥寒的鸟雀，围聚着空空的谷仓。
桑间野地农夫忙着送饭下田，
鱼池干涸，堤堰上只有鸟雀回翔。
傍晚的炊烟随月升上茅屋，
猩红的朝阳消融着枣林的白霜。
严寒驱迫，赶忙把门户堵塞，
为求丰收，向荒祠祷告烧香。
不妨到处走走看看，
山山水水，正一派苍凉迷茫。

绿竹堂独饮

明道二年(1033),为悼念亡妻胥氏而作。绿竹堂,诗人在洛阳时的居室。这年正月,诗人因公去汴京,后趁便去湖北随县探望叔父欧阳晔,三月归洛阳时,夫人胥氏病危,仅及诀别而逝。诗开头先从有酒不饮、长歌当哭引出对亡妻的悼念之情,然后缕叙人亡物在的悲哀及少年豪气的消磨,最后归结到人生如梦,不如及时纵饮。感情沉挚,直抒胸臆,突破了前人悼亡诗每借助隐喻,含蓄不露的手法,而又能转折多姿,避免一泻无余。

夏篁解箨阴加樛[1],卧斋公退无喧嚣。清和况复值佳月,翠树好鸟鸣咬咬[2]。芳尊有酒美可酌,胡为欲饮先长谣[3]?人生暂别客秦楚[4],尚欲泣泪相攀邀。况兹一诀乃永已,独使幽梦恨蓬蒿[5]。忆予驱马别家去,去时柳陌东风高。楚乡留滞一千里,归来落尽李与桃[6]。残花不共一日看,东风送哭声嗷嗷[7]。洛池不见青春色[8],白杨但有风萧萧[9]。姚黄魏紫开次第[10],不觉成恨俱零凋。榴花最晚今又拆[11],红绿点缀如裙腰。年芳

转新物转好，逝者日与生期遥[12]。予生本是少年气，瑳磨牙角争雄豪[13]。马迁班固洎歆向，下笔点窜皆嘲嘈[14]。客来共坐说今古，纷纷落尽玉麈毛[15]。弯弓或拟射石虎，又欲醉斩荆江蛟[16]。自言刚气贮心腹，何尔柔软为脂膏？吾闻庄生善齐物[17]，平日吐论奇牙聱[18]。忧从中来不自遣，强叩瓦缶何谤谤[19]。伊人达者尚乃尔，情之所钟况吾曹。愁填胸中若山积，虽欲强饮如沃焦[20]。乃判自古英壮气[21]，不有此恨如何消？又闻浮屠说生死，灭没谓若梦幻泡[22]。前有万古后万世，其中一世独蚵蟧[23]。安得独洒一榻泪，欲助河水增滔滔。古来此事无可奈，不如饮此尊中醪。

---

① 篁：竹林。箨：笋壳。解箨：笋壳脱落。樛(jiū)：枝叶纠结下垂貌。 ② 咬咬：鸟鸣声。 ③ 长谣：即长歌。晋刘琨《答卢谌》：“何以叙怀，引领长谣。” ④ 客：作客。秦楚：指相隔遥远的地方。 ⑤ 蓬蒿：指坟上的野草。 ⑥“忆予”四句：叙远行的经过。一月柳条初吐时离家远去，归来时已是三月暮春，桃李开尽。 ⑦“残花”二句：言归来胥氏已亡，不及共赏残花。嗷嗷：哭声。 ⑧ 青春色：喻胥氏美好的容颜。 ⑨ 萧萧：风吹白杨发出的声音。古人多于坟上植白杨。《古诗十九首》：“白杨多悲风，萧萧愁杀人。” ⑩ 姚黄魏紫：两种名贵牡丹。次第：依次。 ⑪ 拆：指花蕾绽开。 ⑫ 生期：指胥

氏生前的日子。 ⑬ 瑳磨：同“磋磨”。牙角：比喻锋芒。 ⑭ 马迁：司马迁，西汉史学家。班固：东汉史学家。歆：刘歆，刘向的儿子；向：刘向。父子二人同为西汉经学家、文学家。点窜：改正字句。嘲嘈：讥评。二句言少年气盛，连以上数人的著作也敢于批评。 ⑮ 玉麈：带玉柄的尘拂，用麈（一种大鹿）尾制成。晋人好挥动尘拂以助清谈。 ⑯“弯弓”二句：分别引用李广夜射石虎及周处入江斩蛟的故事。《史记·李将军列传》：“广出猎，见草中石，以为虎，射之，中石没镞。”周处斩蛟事见《世说新语·自新》，他斩蛟处在今江苏宜兴，古属楚地，故称“荆江”。 ⑰ 庄生：庄子，战国时著名思想家。齐物：庄子著有《齐物论》，主张齐生死，等祸福。 ⑱ 牙聱：亦作聱牙，原指文章拗口难读，这里形容庄子的议论奇崛难解。 ⑲ 瓦缶：瓦盆。诡诡（náo）：争辩不休，这里形容絮絮叨叨。《庄子·至乐》：“庄子妻死，惠子吊之，庄子方箕踞鼓盆而歌。”妻死不哭，反而唱歌，一般人认为是庄子等生死的表现；欧阳修认为是长歌当哭，悲痛已极的表现，故有以下两句。 ⑳ 沃焦：传说东海中的山名。《玄中记》：“天下之大者，东海之沃焦焉，水灌之而不已。”喻愁情堆积胸中，如沃焦之山，非饮酒所能化解。 ㉑ 判：断定。㉒“又闻”二句：浮屠：梵语音译，即“佛”。也代指和尚或宝塔，此指和尚。佛教认为人的生死如梦幻泡影。 ㉓ 蚏蟧：即蟪蛄，蝉的一种。《庄子·逍遥游》：“蟪蛄不知春秋。”比喻人生短促。

翻译

夏竹脱壳，树枝纠结，浓荫笼罩，

公事之余，闲卧书斋，无人喧扰。
天气清明和暖，月儿也美好，
葱翠的树林中，还有悦耳的啼鸟。
斟一杯美酒，芳香扑鼻，
为什么在欲饮之时，却唱起哀伤的歌谣？
人生短暂的离别，客居两地，
尚且手拉着手，泣泪滔滔。
何况这是永别，再无见面之日，
今后只有幽梦遗恨，聚满你的坟梢。
想起我骑马离家时，
杨柳夹道，东风含笑。
楚乡逗留，迢迢千里，
回家来已是桃李尽凋。
满地残红已不能共同观赏，
只有即将消逝的东风伴我哀嚎。
洛阳池再不见青春的颜色，
只见那坟上白杨随风飘摇。
名贵的牡丹已依次开过，
完全凋零，不知不觉都成了我的烦恼。
晚开的榴花现在又吐艳，
红红绿绿，宛如你生前的裙袍。
暮春刚过，物色日新，越来越好，

可是你呀，离开我的日子又增了不少。
想起我本来就年少气盛，
打磨牙角，锋芒毕露，喜争雄豪。
从司马迁、班固到刘歆、刘向，
都曾挥笔评点，议论讽嘲。
客人来同坐一起，评今论古，
挥舞拂尘，指点是非，落尽麈毛。
也想学李广乘夜弯弓射石虎，
又想学周处乘醉斩杀荆江蛟。
自称胸中充满阳刚之气，
为何这样儿女情长，绵软如脂膏？
我听说庄子善于等是非，忘物我，
时吐宏论，佶屈聱牙，文思奇妙。
死了妻子，排除不掉心中烦恼，
强作无事，鼓盆作歌，絮絮叨叨。
他那样旷达的人都不免如此，
像我这样多情的人更难免哀悼。
胸中愁闷堆积如山，
借酒浇愁山越高！
可知自古以来英雄壮气，
碰上这种事也悲痛难消。
又听说佛门之人谈生死，

认为生死存亡如梦幻水泡。
过去未来都有千秋万代，
人生一世转瞬即消。
怎能让泪水洒满床榻，
将心中的悲痛化作浊浪滔滔？
生离死别，自古以来无可奈何，
还不如浊酒自斟，把一切忘掉！

晚泊岳阳

景祐三年(1036)作。岳阳即今湖南岳阳,为长江水路交通要冲,宋时岳州州治。欧阳修此年致书谏官高若讷,痛斥他诋毁范仲淹的行为,结果得罪朝廷,贬为峡州夷陵(今湖北宜昌)令。据他的《于役志》记载,他是九月初四到岳州,“夷陵县吏来接,泊城外”。此诗前半写夜泊情景,迷迷茫茫;后半是一个特写镜头,一叶小舟踏歌而来,飞速而去,留下了无限怅惘。整首诗意境空灵悠远,淡而有味,是欧诗上乘之作。

卧闻岳阳城里钟,　系舟岳阳城下树。
正见空江明月来,　云水苍茫失江路。
夜深江月弄清辉[①],　水上人歌月下归。
一阕声长听不尽[②],　轻舟短楫去如飞。

---

① 弄:逗弄,戏耍。喻月光在江面上跳荡、闪动。　② 阕:一曲叫一阕。

翻译

躺在船上听到岳阳城里的钟声，
航船就系在岳阳城边的树上。
江面空阔，明月渐渐升起，
天水相连，夜气蒙蒙，江路茫茫。
夜深了，江上的月色特别皎洁，
月下水上，有人唱着歌返航。
他这首歌很长，还没有唱完，
轻舟如飞，已驶过我停泊的地方。

戏答元珍

景祐四年(1037)欧阳修贬官夷陵时作。丁元珍,名宝臣,时为峡州判官,是欧阳修的上司,曾以《花时久雨》诗相赠,欧阳修便以此诗作答。题目冠以“戏”字,似为游戏之作,实是被贬后政治上失意的掩饰之词。诗中抒发了山居寂寞的情怀,多少流露了“春风(喻皇恩)不到”的怨望。好在他并不因此而消沉,对生活、对前程还是有信心的,这从他对物华的描写,对不平遭遇的自我宽解中可以看出。在艺术上,此诗结构严谨,造语自然,意境清新,情怀如见,是欧阳修七律的代表作。

春风疑不到天涯,　二月山城未见花。
残雪压枝犹有橘,　冻雷惊笋欲抽芽[①]。
夜闻归雁生乡思,　病入新年感物华[②]。
曾是洛阳花下客[③],　野芳虽晚不须嗟[④]。

① 冻雷:早春的雷声。《礼记·月令》:仲春三月,“日夜分,雷乃发声”。　② 物华:美好的景物。杜甫《曲江陪郑八丈南史饮》:“自知白发非春事,且尽芳樽恋物华。”　③ 洛阳花:指牡丹。欧阳修在洛

阳赏过牡丹，故称“花下客”。 ④ 野芳：野花，与洛阳牡丹相对而言，指山城之花。嗟：叹息。

翻译

春风似乎吹不到这遥远的山城，
到了二月，还不见一朵春花。
残雪压着的枝头还可看到橘子，
春雷震动，竹笋快要抽芽。
夜里听到归雁飞鸣，惹起悠远的乡思，
带病步入新年，也感到春天景物的繁华。
我曾在洛阳欣赏名扬天下的牡丹，
又何必长吁短叹，为这里迟开的野花。

古瓦砚

景祐四年(1037)作于夷陵。古瓦砚是欧阳修的友人谢伯初赠送的。谢伯初时任许州(今河南许昌)法曹,于古铜雀台遗址拾得瓦当,改制成瓦砚寄赠作者。作者宝爱此砚,为此作诗,并借此慨叹古今量才用人之难。诗重在说理,以议论为诗的特征很明显。

砖瓦贱微物,得厕笔墨间[①]。于物用有宜[②],不计丑与妍。金非不为宝,玉岂不为坚?用之以发墨[③],不及瓦砾顽[④]。乃知物虽贱,当用价难攀[⑤]。岂惟瓦砾尔[⑥],用人从古难!

---

① 厕:置,列。 ② 用有宜:即适宜于使用。 ③ 发墨:以砚石磨墨。 ④ 顽:喻粗钝。金玉表面光滑,比不上瓦砾粗糙易磨墨。 ⑤ 当用:适用。 ⑥ 尔:如此。

翻译

砖石瓦砾,本是微贱的物品,

却用作砚石，置身笔墨之间。
既然它也是件有用之物，
何必计较它的粗丑与美妍。
金子不能说不宝贵吧，
玉石岂不更加润坚？
用这二者来磨墨，
反不如这瓦砾方便。
可知物品即使微贱，
只要有用就价不可攀。
岂止瓦砾是这样，
自古用人如此难！

答杨辟喜雨长句

宝元元年(1038)作。杨辟,字子静。据题意,当是杨辟先有喜雨诗寄欧阳修,然后作此答之。这是一篇集中表现作者政治主张的政论诗。他在著名的政论文章《原弊》中,曾深入分析了北宋社会积贫积弱的原因:一为诱农之弊,国家不是鼓励务农,而是鼓励农民离开土地去当兵、当和尚,致使务农的人日少;二为兼并之弊,土地愈来愈集中到少数富豪手中;三为力役之弊,公役繁重,并且大部分落到小地主和自耕农头上。据此,他提出改善吏治、劝农务本、节用爱民的政治主张。这首喜雨诗同样贯穿了这样的政治思想。因为是通篇说理,缺乏形象性,读来有如押韵的政论,但据此可知欧诗的散文化倾向。

吾闻阴阳在天地[①],升降上下无时穷[②]。环回不得不差失[③],所以岁时无常丰。古之为政知若此,均节收敛勤人功[④]。三年必有一年食,九岁常备三岁凶[⑤]。纵令水旱或时遇,以多补少能相通。今者吏愚不善政[⑥],民亦游惰离于农[⑦]。军国赋敛急星火[⑧],兼并奉养过王公[⑨]。终年之耕幸

一熟，聚而耗者多于蜂。是以比岁屡登稔[10]，然而民室常虚空。遂令一时暂不雨，辄以困急号天翁[11]。赖天闵民不责吏[12]，甘泽流布何其浓[13]。农当勉力吏当愧，敢不酌酒浇神龙[14]。

---

① 阴阳：古人心目中构成世界运动变化规律的两种对立的力量。② 升降上下：阴阳四时此起彼伏的运动形态。③ 环回：循环。差失：误差。④ 均节收敛：收取赋税要均平而有节制。勤人功：使耕者勤于务农。⑤ 备：丰年积蓄粮食，以防备水旱灾害。凶：荒年。《礼记·王制》："三年耕必有一年之食，九年耕必有三年之食。"⑥ 不善政：不懂得劝农务本、节用爱民，以防备灾荒。⑦ 游惰：游手好闲，不务正业。离：脱离。此处指百姓纷纷脱离农村，去为僧为兵。⑧ 星火：比喻急迫，此句指赋税繁苛，急如星火。⑨ 兼并：掠夺强占土地。此指兼并土地的豪富之家。奉养：供养。⑩ 比岁：连年。登稔：丰收。⑪ 号天翁：向天公呼号求救。⑫ 闵：怜悯。责：谴责。⑬ 甘泽：甘霖，及时雨。⑭ 浇：祭献。神龙：古人以为龙能致雨，故视之如神。

翻译

我听说天地间的阴阳二气，

升降上下，运动转化，没有穷期。

往复回环，不可能不出差错，
所以收成不会年年丰裕。
古代的当政者懂得这个道理，
税收均平节制，劝农勤劳努力。
耕种三年必有一年的盈余，
九年中要把三年的饥荒防备。
即使偶然遇上水涝旱灾，
以有余补不足可互相调剂。
如今官吏愚蠢，不善治理，
农民游手好闲，脱离了土地。
政府的赋税急如星火，
兼并者的生活胜过公侯王室。
辛苦耕种一年，幸得丰收，
争着耗费的人多如蜂蚁。
连年虽获好收成，
农民家中常空虚。
老天一时不下雨，
农民急得向天泣。
老天怜悯百姓，不责怪官吏，
大雨滂沱，充沛又及时。
农民更该努力，官吏理应惭愧，
岂敢不斟满酒向神龙拜祭！

水谷夜行寄子美圣俞

庆历四年(1044)秋作,当时欧阳修奉命巡视河东路。水谷,即水谷口,在今河北定州,为作者巡行途经之处。子美,苏舜钦字,那时任集贤校理、监进奏院。圣俞,梅尧臣字,湖州监税刚卸任,到开封待调。苏、梅二人与欧阳修同为宋代诗文革新运动的发动者,诗文创作具有很高的成就,是欧阳修平生钦敬的挚友。此诗高度评价二人诗歌的成就,并对他们的遭遇表示同情。作者有意仿效韩愈《醉赠张秘书》体,合述分论朋友的诗文风格,笔力纵横,气势开阔。开头写夜行景色,气韵高古,颇有气势。中以形象的语言描绘二人不同的诗风,“状难写之景如在眼前,含不尽之意见于言外”,是一首较好的论诗诗。

寒鸡号荒林[①],山壁月倒挂[②],披衣起视夜,揽辔念行迈[③]。我来夏云初[④],素节今已届[⑤]。高河泻长空[⑥],势落九州外[⑦]。微风动凉襟,晓气清余睡[⑧]。缅怀京师友,文酒邈高会[⑨]。其间苏与梅,二子可畏爱[⑩]。篇章富纵横,声价相磨盖[⑪]。

子美气尤雄，万窍号一噫[12]。有时肆颠狂，醉墨洒滂沛[13]。譬如千里马，已发不可杀[14]。盈前当珠玑[15]，一一难柬汰[16]。梅翁事清切[17]，石齿漱寒濑[18]。作诗三十年，视我犹后辈。文词愈清新，心意虽老大。譬如妖韶女[19]，老自有余态。近诗尤古硬，咀嚼苦难嘬[20]，初如食橄榄，真味久愈在。苏豪以气轹[21]，举世徒惊骇。梅穷独我知，古货今难卖[22]。二子双凤凰，百鸟之嘉瑞[23]。云烟一翱翔，羽翮一摧铩[24]。安得相从游，终日鸣哕哕[25]。问胡苦思之，对酒把新蟹[26]。

---

① 寒鸡：晨鸡，凌晨天气冷冽，鸡声似乎也带着寒意。 ② 月倒挂：月将落。 ③ 行迈：远行。 ④ 夏云初：即初夏。云：语助词，无义。 ⑤ 素节：秋天。梁元帝《纂要》："秋节曰素节、商节。"届：到。此写出行时间之久，从初夏直到入秋。 ⑥ 高河：银河，银河横空，若直泻而下。 ⑦ 九州：传说的中原上古行政区划，此泛指中国大地。 ⑧ 清余睡：晓气拂襟，顿觉睡意全消。以上十句写水谷夜行。 ⑨ 缅怀：遥念，追想。京师即京城。邈：遥远，渺茫。因离京已久，忆及往时诗酒聚会，不免觉得遥远。 ⑩ 畏爱：敬畏爱慕。《礼记·曲礼》："贤者狎而敬之，畏而爱之。" ⑪ 磨盖：相磨相盖。二句写二人创作之富，声名之高，不分上下。 ⑫ 噫：嘘气。《庄子·齐物论》："夫大块噫气，其名为风。是唯无作，作则万窍怒号。"

借以形容苏子美诗气魄雄伟，犹如大风骤起，万窍齐号。 ⑬ 滂沛：大雨倾盆而降，喻子美草书纵横奔放。 ⑭ 杀：收刹。以马日行千里喻子美诗文草书奔放不羁的气势。 ⑮ 珠玑：珠子，比喻优美的文词。 ⑯ 柬汰：选择删汰。二句言子美诗文多而且好。 ⑰ 梅翁：梅圣俞，梅长欧阳修五岁，称翁有敬重之意。事：追求。 ⑱ 石齿：喻尖利之石。漱：荡涤。寒濑：寒泉。以寒泉流过乱石形容梅尧臣诗风的"清切"。 ⑲ 妖韶：妖娆。 ⑳ 嘬（chuài）：吮吸。㉑ 轹（lì）：《文选》张衡《西京赋》"值轮被轹"注："车所加为轹。"引申为压倒、取胜。 ㉒ 古货：指梅尧臣古朴的诗风。此种诗风不为世人赏识，故云难卖。 ㉓ 嘉瑞：祥瑞。此处推崇苏、梅并为凤凰，为百鸟祥瑞。 ㉔ 羽翮：羽毛。摧铩（shā）：羽毛摧落。 ㉕ 哕哕（huì）：凤凰和鸣声。《诗·鲁颂·泮水》："鸾声哕哕。"此处喻诗歌唱和。 ㉖"问胡"二句：回应开头，说明把蟹饮酒的秋天又到，故思念昔日的文酒高会。

翻译

清凉的早晨，山鸡在荒林中啼叫。

山峰壁立，落月像倒挂在山腰。

披起衣裳，凝视将退的夜色，

揽起马缰，便觉得路途艰遥。

当我来时，正值夏初，

如今归去，已到秋季。

银河在长空奔泻，

好像要飞出中国大地。

凉风轻轻吹拂衣襟，

清晨的寒气消除了睡意。

遥念昔日京都的师友，

高朋满座，诗酒相邀。

其中有苏、梅二人，

是我最畏敬爱慕的同道。

诗文富有纵横的气势，

文才互相掩映，名气一般高。

子美的文气更加雄豪，

仿佛是大地嘘气，万窍怒号。

有时听凭酒后的狂放，

振臂挥洒，波澜壮阔，笔势奇妙。

好像奔驰的千里马，

放开四蹄，止不住奔跑。

字字珠玑，摆满你的面前，

无法选择，一个也不忍丢掉。

梅翁的诗文追求清新确切，

就像寒泉冲激锐石，清冷峻峭。

他已经写诗三十年，

我写诗比他晚了不少。

他的心境虽已苍凉老大，
文词却更加清新美妙。
譬如那妖娆的美女，
风韵犹存，即使已经半老。
他的近作尤其古朴瘦硬，
很难一下理解，需要反复咀嚼。
像食橄榄，开始有些苦涩，
味道愈来愈好。
苏诗豪迈，以气势凌驾今古，
所有的人只知惊叹称道。
梅诗却被冷落，只有我能理解，
正像稀世古物，今天难以卖掉。
苏、梅二人有如一对凤凰，
都是百鸟回翔的征兆。
他们正在云间翱翔，
羽毛摧折，一生穷愁潦倒。
怎么才能追随他们比翼长空，
终日腾飞，声震九霄？
为什么苦苦想这些问题，
只因新蟹上市，对饮的往事在萦绕。

题滁州醉翁亭

庆历六年(1046)作。庆历新政失败,欧阳修被政敌诬告,贬知滁州(今安徽滁州)。醉翁亭在滁州琅琊山,为僧人智仙所筑,欧阳修为之命名。此诗以轻松的笔调、明快的语言描写亭周围的山水景物,抒发了自己在贬谪中对大自然的热爱和闲适旷达的心情,末句也隐约透露出不能忘怀世事。滁州之贬,是欧阳修诗风的转折点,早期激扬踔厉的诗篇减少,而平易闲适的诗篇增多,此诗即以闲旷为特征。

四十未为老,"醉翁"偶题篇[①]。醉中遗万物[②],岂复记吾年[③]?但爱亭下水[④],来从乱峰间。声如自空落,泻向两檐前[⑤]。流入岩下溪,幽泉助涓涓[⑥]。响不乱人语,其清非管弦[⑦]。岂不美丝竹,丝竹不胜繁[⑧]。所以屡携酒,远步就潺湲[⑨]。野鸟窥我醉,溪云留我眠。山花徒能笑[⑩],不解与我言。惟有岩风来,吹我还醒然[⑪]。

① 题篇：指欧阳修所作《醉翁亭记》。 ② 遗：亡失，遗弃。 ③ 年：年岁。 ④ 亭下水：指琅琊溪。 ⑤ 两檐：指醉翁亭。 ⑥ 涓涓：水细流貌。 ⑦ 管弦：管乐器与弦乐器，与下句的"丝竹"同义，均指各种乐器。 ⑧ 繁：繁杂。 ⑨ 就：靠近。潺湲：水缓流貌。 ⑩ 笑：形容山花盛开烂漫的样子。 ⑪ 醒然：清醒的样子。

翻译

四十岁年纪并不算老，
"醉翁"只是偶尔借题作文章。
醉中已将万物遗忘，
哪里还记得自己年少年长？
只是珍爱那亭下的溪水，
在群峰环抱中穿绕奔忙。
那水声就像从空中落下，
在亭子的两檐之间淙淙作响。
流水汇入高岩下的深溪，
清幽的泉水增加了涓涓细浪。
泉声很小，绝不妨碍谈话，
又很清脆，与管弦之声大不一样。
弹琴吹笛岂不美妙动听？

但声音嘈杂令我心烦。
所以我多次携着美酒，
不顾道远，走近这潺潺清泉。
枝头野鸟偷看我的醉态，
留我睡的是溪畔的烟云。
山花烂漫，只会对我含笑，
却不懂得同我谈心。
唯有那高岩上的凉风，
把我从醉梦中吹醒。

幽谷晚饮

庆历六年(1046)作。幽谷泉在滁州丰乐亭畔,其发现颇具戏剧性。据吕本中《紫薇杂记》载,欧阳修一日宴客,有人以新茶进献,急忙派人汲酿泉泡茶。派去的人偷懒,就近汲另一泉水回来,欧阳修一尝水味颇好,但不类酿泉之味,经过追问,仆人才说出是在幽谷下所汲。欧阳修一时兴起,便邀客人同访幽谷,留连至晚才归。全诗以泉为主线,脉络分明,摇曳多姿,语言洁净鲜明,流畅平易。结句以谱曲来形容泉声之美,颇有新意。

一径入蒙密[①],已闻流水声。行穿翠筱尽[②],忽见青山横。山势抱幽谷,谷泉含石泓[③]。旁生嘉树林,上有好鸟鸣。鸟语谷中静,树凉泉影清。露蝉已嘒嘒[④],风溜时泠泠[⑤]。渴心不待饮[⑥],醉耳倾还醒[⑦]。嘉我二三友[⑧],偶同丘壑情。环流席高荫[⑨],置酒当峥嵘[⑩]。是时新雨余,日落山更明。山色已可爱,泉声难久听。安得白玉琴,写以朱丝绳[⑪]?

①蒙密：竹林繁茂阴蔽。 ②筱（xiǎo）：小竹子。 ③石泓（hóng）：凹石积水而成的小潭。 ④嘒嘒（huì）：蝉鸣声。 ⑤泠泠：形容风的清凉。 ⑥渴心：急切盼望之心。 ⑦醉耳倾：侧着醉耳注意听。 ⑧嘉：赞叹。 ⑨席高荫：在高高的树阴下坐着。 ⑩当峥嵘：面对着山。 ⑪“安得”二句：言泉声美妙，而人不能久留山间，恨不得把它谱成琴曲，供随时演奏。朱丝绳：指琴弦。

翻译

一条弯曲的小路直通茂密的山林，

隔着绿色的树丛已听到流水的声音。

走完了翠竹遮掩的山路，

忽然看到巍巍的青山横亘。

山势曲折，环抱着幽深山谷，

凹石积水而成的小潭，清泉盈盈。

两旁长满了美好的树木，

林间小鸟发出悦耳的歌声。

鸟声反衬得山谷更加幽静，

树影倒映泉中，更觉树凉泉清。

饮露的秋蝉已开始喧闹，

谷中清风回荡，时觉凉气袭人。
心情急切，未饮已有醉意，
侧耳细听，好像我还清醒。
最可称道的是我那二三好友，
同我一样，也有游山玩水的雅兴。
在高树的浓阴下环流而坐，
面对峥嵘的群山，高举酒樽。
这时刚好下过一场大雨，
日落时分，峰峦更加鲜妍。
山色可爱，令人流连忘返，
天色已晚，不能久赏鸣泉。
怎能得到一张白玉琴，
将这泉声谱成琴曲，长留心田？

重读《徂徕集》

庆历七年(1047)作。《徂徕集》,石介的诗文集。石介(1005—1045),字守道,徂徕(今山东兖州境内)人,人称徂徕先生。庆历初年,石介任国子监直讲,对诗文革新运动有一定贡献,又积极支持庆历新政,因而在新政失败后,他也遭到诬陷。欧阳修对石介的道德文章极其推崇,对他所受的迫害十分同情,对政敌们对他的诽谤非常愤怒,因而以满腔愤激之情,义正辞严地写下这首为石介呼冤纾愤的诗篇,高度评价石介的文章德行,坚信他的冤情一定能大白于天下。写得感情真挚,雄辩滔滔,十分感人。古人评价这首诗“英辩超然,能破万古毁誉”,可见以议论为诗也有其特殊的作用,在艺术上也有其独到的境界。

我欲哭石子,夜开《徂徕编》。开编未及读,涕泗已涟涟[①]。勉尽三四章[②],收泪辄忻欢[③]。切切善恶戒[④],丁宁仁义言[⑤]。如闻子谈论,疑子立我前。乃知长在世,谁谓已沉泉[⑥]。昔也人事乖[⑦],相从常苦艰;今而每思子,开卷子

在颜[8]。我欲贵子文，刻以金玉联[9]。金可烁而销，玉可碎非坚。不若书以纸，六经皆纸传[10]。但当书百本，传百以为千。或落于四夷[11]，或藏在深山。待彼谤焰熄[12]，放此光芒悬[13]。人生一世中，长短无百年。无穷在其后，万世在其先。得长多几何，得短未足怜。唯彼不可朽，名声文行然[14]。谗诬不须辩，亦止百年间。百年后来者，憎爱不相缘[15]。公议然后出，自然见媸妍。孔孟困一生，毁逐遭百端[16]。后世苟不公，至今无圣贤。所以忠义士，恃此死不难[17]。当子病方革[18]，谤辞正腾喧[19]。众人皆欲杀，圣主独保全。已埋犹不信，仅免斫其棺[20]。此事古未有，每思辄长叹。我欲犯众怒，为子记此冤。下纾冥冥忿[21]，仰叫昭昭天[22]。书于苍翠石，立彼崔嵬巅[23]。询求子世家，恨子儿女顽[24]。经岁不见报[25]，有辞未能诠[26]。忽开子遗文，使我心已宽。子道自能久[27]，语言岂须镌[28]！

---

① 涕泗：鼻涕眼泪。涟涟：泪流不断的样子。 ② 勉：勉强，勉力。 ③ 忻（xīn）：同“欣”。 ④ 切切：形容督责勉励诚挚恳

切。 ⑤ 丁宁：同“叮咛”，反复劝戒之意。 ⑥ 泉：即黄泉，人死称入黄泉。沉泉意即入黄泉。 ⑦ 乖：相违。 ⑧ 颜：颜面，犹言面前。 ⑨ 金玉联：指以金玉为碑版，镌刻石介的文章。 ⑩ 六经：儒家的六部经典，即《诗》《书》《礼》《易》《乐》《春秋》。 ⑪ 四夷：古代称中原以外的各少数民族地区。 ⑫ 谤焰：诽谤的气焰。指夏竦等人造谣、诬陷石介私通契丹，企图谋反一事。 ⑬ 光芒：指文章的光辉。悬：高照。韩愈《调张籍》：“李杜文章在，光焰万丈长。” ⑭ 文行：文章德行。然：如此，指不可朽。 ⑮ 缘：沿袭，关连。 ⑯ 毁逐：谗毁放逐。指孔子、孟子到处游说诸侯，不受重用，以致流离困厄。 ⑰ 此：指文章德行。以上六句言孔孟生前遭毁逐，但后世称为圣贤，可见公道在人心，因而忠义之士不畏成仁取义。 ⑱ 革（jí）：同“亟”，病危。 ⑲ 腾喧：指谣言沸腾。 ⑳ 斫（zhuó）：以刀斧劈开。石介死后，朝中大臣夏竦向仁宗进谗言，说石介没有死，已逃入契丹，仁宗将信将疑，要派人去开棺验尸，被谏方止。 ㉑ 纾：解除。冥冥：昏暗幽深的阴间，借指死者。忿：不平，愤恨。 ㉒ 叫：呼叫，喊冤。昭昭：光明，明亮。 ㉓ 崔嵬：高大貌。巅：山顶，指徂徕山顶。 ㉔ 顽：顽钝，反应迟缓。石介获罪后，其家属子女被羁管于他州。欧阳修不知道这一情况，因得不到石介子女的回讯，误以为他们迟钝。 ㉕ 报：回报，指石介儿女回答欧阳修关于石介家世的询问。 ㉖ 诠：诠次，撰写。指为石介作传刻石。 ㉗ 道：立身为政的准则。 ㉘ 镌：刊刻。末句言石有文章传世，自能不朽，无须再“树碑立传”。这是对石介道德文章的奖誉之词。后来欧阳修还是写了《徂徕先生墓志铭》。

翻译

我要为石介先生痛哭一场，

夜里打开《徂徕集》，想读他的文章。

翻开他的书，还未及读，

心情激动，已经泪眼汪汪。

勉强读了三四章，

收住泪水，不禁喜气洋洋。

先生言词恳切，以善恶相警戒，

反复叮咛，将仁义宣扬。

我好像在听你谈论，

你仿佛就站在我的身旁。

我知道你仍活在世上，

谁说你已经死亡？

过去人事多艰，常与愿违，

想同你一起，非常困难。

从今以后，每当思念你，

打开书，你就在我面前。

我想珍贵你的文章，

用金玉刻成碑版。

然而，金也会销蚀，

玉也会碎裂，不算最坚。

还不如书写在纸卷上，
因为六经都靠纸流传。
只要书写一百本，
以百传千，就可流布四方。
有的传入边远民族，
有的在深山珍藏。
待到他年毁谤你的毒焰消失，
它们就会放射出无尽的光芒。
人一生活在世上，
长长短短不过百年时光。
他身后还有无穷岁月，
他身前已有万代之长。
要得高寿，能高多少？
即使短命，也不值得哀伤。
只有文章德行才能不朽，
人的声名正是这样。
遭到谗言诬蔑不须辩白，
不出百年便可止谤。
百年后的人，已没有利害关系，
不会抱着现在的爱憎不放。
公正的议论那时才能出现，
善恶美丑自然昭彰。

孔子、孟子，困顿一生，
受毁谤、被驱逐，千般百样。
假如后世没有公正的评价，
至今哪有什么圣贤忠良！
所以忠肝义胆的志士仁人，
凭着后世公论甘赴刑场。
当你病势沉重的时候，
毁谤你的谣言正四处喧嚷。
政敌们都想杀害你，
赖有皇上圣明才免遭殃。
尸骨已埋，有人还不相信，
仅仅免掉开棺验尸，祸及泉壤。
这样的事自古从未有过，
每想到此，就令人长叹心伤。
我决定要冒犯众怒，
为你记下冤案一桩。
抒发你在九泉的愤怒，
并向耿耿青天大呼冤枉。
把这事刻写在苍翠的石碑上，
把石碑立在徂徕山最高的地方。
我曾打听你的家世勋业，
可惜你的儿女不能帮忙。

去信了解，经年不见回音，
撰写碑文，未能如愿以偿。
忽然打开先生的遗文，
愁闷的心情顿时开朗。
先生的道德文章自能长久，
我的话又何须刻在碑上！

田家

庆历七年(1047)春作。欧阳修贬滁州已是第三个年头,忿懑的心情已逐渐平复,与当地人民的关系也日渐密切,因而有闲情去欣赏农村的风物,体验农民的喜怒哀乐。诗的情调明朗,色彩浓郁,亦如杏花初月,悦人眼目。欧阳修的景物诗,善于以明净流畅的语言刻画那种生机盎然、充满活力的自然景观,此诗可为一证。

绿桑高下映平川,　赛罢田神笑语喧[①]**。**
林外鸣鸠春雨歇,　屋头初日杏花繁。

---

① 赛:古代酬神称赛。此处写的是春季的赛神活动。从所写景物看来,时间似应晚于立春日,在二三月之间,是立春之后的又一次赛神。

翻译

翠绿的柔桑连成一片,
高低映带,布满了平原。

农民们祭罢田神归来，

一路上笑语喧天。

一阵春雨过后，

出林的斑鸠叫得欢。

墙头上刚刚升起的红日，

照得杏花多鲜艳。

丰乐亭游春三首(选一)

庆历七年(1047)春作。丰乐亭在滁城西一里许的大丰山下,欧阳修所筑,为当时滁州的胜游之地。前两句写景,红树青山,绿草无际,正是“春将老”而夏将来的景象。后两句写游人,他们毫不理会“春将老”而只管眼前尽情享受,落花满地而毫无惜花之意,往来践踏,抒发了作者伤春惜花之情。这两句颇富哲理,耐人寻味。

红树青山日欲斜[①],　长郊草色绿无涯。
游人不管春将老,　来往亭前踏落花。

① 红树:开红花的树,或落日反照的树,非指秋天的红叶。

翻译

红花满树,

青山隐隐,

日已偏西。

广漠的郊野,

草色青绿，

看不见边际。

游春的人们，

兴趣正浓，

哪管春天将去。

丰乐亭前，

人来人往，

落花遍地。

百子坑赛龙

庆历七年(1047)作。百子坑也叫柏子潭,在滁城西南三里,旁有柏子庙,为祷雨之所。这一年的开初,气候本来颇好,但不久便闹起了春旱,太守欧阳修也不得不同老百姓一道忙于求雨。也许求雨心切吧,刚刚还是潭水沉沉,毫无动静,可是诗人脑中倏然幻化出乌云四合,神龙腾空,雷轰电走,大雨滂沱,须臾雨过天晴,绿野铺云的景象。想象丰富,笔力恣肆,得力于李白诗风甚多。单读其诗,似乎是求雨成功,天从人愿,但细味题目,但言赛龙,不言喜雨,便透露出这不过是诗人的想象之词罢了。

嗟龙之智谁可拘①,出入变化何须臾②。坛平树古潭水黑③,沉沉影响疑有无④。四山云雾忽昼合,瞥起直上拏空虚⑤。龟鱼带去半空落,雷轰电走先后驱⑥。倾崖倒涧聊一戏,顷刻万物皆涵濡⑦。青天却扫万里静,但见绿野如云敷⑧。明朝老农拜潭侧,鼓声坎坎鸣山隅⑨。野巫醉饱庙门阖,狼籍乌鸟争残余⑩。

①拘：限制。 ②须臾：片刻之间。 ③坛：求雨台。 ④沉沉：潜伏不动状。影响：指龙的影子响动。 ⑤瞥：一瞥，一瞬间。拏：同“拿”。空虚：云雾。拏空虚：即拿云，（神龙）上干云雾之意。⑥先后驱：指雷电连接不断，仿如互相追逐。 ⑦涵濡：沾润。⑧敷：同“铺”。 ⑨坎坎：形容鼓的声音。《诗·陈风·宛丘》：“坎坎击鼓。” ⑩残余：指为巫师吃剩的谢神食物。

翻译

神龙的灵智谁能限制？
转瞬间千变万化，何其匆匆！
祭坛平坦，古木苍苍，潭水深黑，
水面沉沉，不见动静，不知有龙无龙。
各个山头的云雾突然合拢，
腾空直起，遮蔽了白日的天空。
把龟鱼卷上高空又落下，
闪电伴随着雷声隆隆。
大雨倾崖倒涧白蒙蒙，
不过是神龙偶尔显神通。
顷刻大地雨水足，
万物滋润更茂丰。

晴空如洗，万里平静，

只见绿野好像云锦蒙。

明晨老农到潭旁祭拜，

鼓声咚咚，把山谷震动。

巫师酒醉肉饱，把庙门紧闭，

乌鸦乱飞，争夺剩下的祭供。

雪

皇祐二年(1050)作。庆历八年(1048)欧阳修从滁州徙知扬州,皇祐元年正月又知颍州。此诗系雪中宴客时作。题下原注:“玉、月、梨、梅、练、絮、白、舞、鹅、鹤、银等事,皆请勿用。”因为禁用陈言,须出新意,所以诗不易做好,“往往皆阁笔不能下”(叶梦得《石林诗话》),但欧阳修却能“于艰难中特出奇丽”(胡仔《苕溪渔隐丛话》)。此诗围绕“一雪万人喜”的中心,四句一转,先言春寒雪作;次分写初雪、雪盛、雪晴、雪融四种景况;再写雪中美人、隐士、酒客、猎户的活动;再写雪中道路、庭院、田野、空林的景色;继而写贺雪、歌雪、喜雪、赏雪的情景。最后两层归结到搜句作诗,回扣题目,结构严谨,层次分明。因限制较严,反使诗人难处求深,造意遣词往往出人意表,迥异于作者往常的平易诗风。

新阳力微初破萼①,客阴用壮犹相薄②。朝寒棱棱锋莫犯③,暮雪緌緌止还作④。驱驰风云初惨淡,炫晃山川渐开廓⑤。光芒可爱初日照,润泽终为和气烁⑥。美人高堂晨起惊,幽士虚窗静

闻落。酒垆成径集瓶罂[7]，猎骑寻踪得狐貉[8]。龙蛇扫处断复续[9]，猊虎团成呀且攫[10]。共贪终岁饱麰麦[11]，岂恤空林饥鸟雀？沙墀朝贺迷象笏[12]，桑野行歌没芒屩[13]。乃知一雪万人喜，顾我不饮胡为乐[14]？坐看天地绝氛埃[15]，使我胸襟如洗瀹[16]。脱遗前言笑尘杂[17]，搜索万象窥冥漠[18]。颍虽陋邦文士众[19]，巨笔人人把矛槊[20]。自非我为发其端，冻口何由开一噱[21]。

---

① 新阳：新春的阳气。谢灵运《登池上楼》："初景革绪风，新阳改故阴。"初破萼：花萼初开。 ② 客阴：冬天的阴气。新春开始，阴气已退居客位，故叫客阴。"用壮"与"力微"相对，言初春寒气仍强。薄：逼。 ③ 棱棱：寒威凛冽貌。犯：冲犯。 ④ 绥绥（ruí）：纷纷下落貌。 ⑤ 开廓：开阔。 ⑥ 烁：融化，指积雪为暖气所融化。 ⑦ 酒垆：酒店。集：堆积。罂：小口大腹的盛酒器。雪后天寒，买酒的人多，致使酒店门前踩成路径，而店中酒瓶很多。 ⑧ 貉：狗獾。雪天野兽易留踪迹，便于猎人寻觅。 ⑨ 龙蛇：形容曲折的道路。 ⑩ 猊（ní）：狻猊，即狮子。呀：张口。攫：举爪抓起。言用雪堆成的狮虎张牙舞爪，神态生动。 ⑪ 麰（móu）：大麦。 ⑫ 沙墀：沙堤。据李肇《国史补》，凡拜相礼，府县载沙填路，叫做沙堤。象笏：用象牙制的笏版，供朝臣面见皇帝时使用。 ⑬ 芒屩（juē）：草鞋。 ⑭ 顾：可是。胡：何。 ⑮ 氛埃：尘埃。 ⑯ 洗

瀹(yuè):洗涤。 ⑰ 脱遗:除去。前言:前人习用之言,即指作诗禁用玉、月等体物语。 ⑱ 冥漠:幽深广漠,喻搜寻范围更深更广。⑲ 颍:颍州。 ⑳ 槊:古代一丈八尺的矛。矛槊:形容巨笔。㉑ 噱:大笑,大乐。

翻译

新春的阳气力量微弱,
刚能催开含苞待放的花朵。
冬的阴气退居客位,
仍力量不小,时相迫逐。
早起寒风凛冽,不可冒犯,
晚来雪花飞扬,停了又落。
初下雪时,风号云聚,天色惨淡昏暗,
雪盛时,雪光映照,山川更加开阔。
雪停后,初升的太阳,光芒万丈,
雪化时,润泽的瑞雪,终被春气销铄。
高堂上的美人早晨起来,又惊又喜,
空窗前的隐士静听雪花飘落。
卖酒人家门庭若市,踏雪成径,
卖空的酒瓶堆了很多。
猎人骑马驰向原野,
雪地寻踪,猎取狐貉。

扫出的雪路弯弯曲曲，
像龙蛇蟠舞，时断时续。
用雪团堆成的狮子、猛虎，
张牙舞爪，模样凶恶。
雪兆丰年，共庆终年能饱食，
有谁顾惜雪中无食鸟饥饿？
上朝贺雪的官员很多，笏板密密麻麻，
田野农夫边走边唱，雪深没足。
由此可知，一场大雪，万民欢乐，
可惜我不善饮酒，如何庆贺？
坐观天地，干干净净，一尘不染，
使我心中清澈透明，如经洗濯。
前人吟雪陈言尘俗芜杂，一概不用，
在幽深广漠的万象中冥思苦索。
颍州僻陋，文人却不少，
舞文弄墨，笔大如矛槊。
若不是我来倡导“禁体”诗，
天寒地冻，大家怎能笑呵呵！

边户

至和二年(1055)作。这年八月,欧阳修奉命出使契丹,渡拒马河进入契丹境,亲眼看到边界上人民的屈辱处境和悲惨生活,愤而写下此诗,讥刺宋王朝苟且偷安、屈辱求和的政策,富于现实意义。诗用边户的口吻,平易如话,婉而多讽。

家世为边户[①],年年常备胡[②]。儿童习鞍马,妇女能弯弧[③]。胡尘朝夕起[④],虏骑蔑如无[⑤]。邂逅辄相射[⑥],杀伤两常俱[⑦]。自从澶州盟[⑧],南北结欢娱[⑨]。虽云免战斗[⑩],两地共赋租。将吏戒生事,庙堂为远图[⑪]。身居界河上[⑫],不敢界河渔[⑬]。

---

① 世:世世代代。 ② 备胡:防御胡人(此指契丹)。 ③ 弧:弓弧。 ④ 胡尘:敌骑来犯时扬起的灰尘,指发生战事。 ⑤ 蔑:蔑视。蔑如无:指边民习见胡骑入侵,视之如无,不当一回事。 ⑥ 邂逅:不期而遇。 ⑦ 两常俱:双方常相同。俱:同。 ⑧ 澶州盟:即"澶渊之盟"。景德元年,宋真宗御驾亲征澶州时同辽国签订的屈辱和约,

自此每年向辽输银十万两，绢二十万匹。 ⑨ 南北：北边的辽和南边的宋，当时叫北朝、南朝。 ⑩ 云：说。 ⑪ 庙堂：朝廷。远图：长远打算。朝廷借口长远打算，不准边民抗拒入侵。 ⑫ 界河：作为边界的河流，即拒马河。 ⑬ 渔：打鱼。

翻译

世世代代是边境上的人民，
年年月月防备胡骑的侵凌。
孩子们从小就学会骑马，
妇女们也能够弯弓射箭操刀兵。
敌国的骑兵早晚出没，
烟尘滚滚，见惯不惊。
偶然相撞便拔箭对射，
互有伤亡，那是经常的事情。
自从澶州订立和约，
南朝北朝都很欢欣。
虽说从此不再打仗，
但两边征税都得交清。
守边将帅严禁百姓惹事，
据说朝廷图远谋深。
虽然家住在界河边上，
却不能到界河打鱼谋生。

食糟民

一般认为作于知颍州期间，具体写作年月不详。这是欧阳修又一首反映民生疾苦的著名作品，不仅批评了朝廷盘剥取利的酒榷政策，鞭挞了官吏不顾人民死活，而且深自切责，表现了一个政治家的正义感，但也流露出不能施展政治抱负的苦闷，忧国忧民的情怀溢于言表。“尔虽不我责，我责何由逃”，官吏们都有这种良心就好了。

田家种糯官酿酒，榷利秋毫升与斗[①]。酒沽得钱糟弃物，大屋经年堆欲朽。酒醅瀺灂如沸汤[②]，东风来吹酒瓮香。累累罂与瓶[③]，惟恐不得尝。官沽味酞村酒薄，日饮官酒诚可乐。不见田中种糯人，釜无糜粥度冬春。还来就官买糟食，官吏散糟以为德[④]。嗟彼官吏者，其职称长民[⑤]，衣食不蚕耕，所学义与仁。仁当养人义适宜[⑥]，言可闻达力可施[⑦]。上不能宽国之利[⑧]，下不能饱尔之饥。我饮酒，尔食糟[⑨]，尔虽不我责[⑩]，我责何由逃！

① 榷利：专卖之利。北宋把酿酒权集中在官府，不准私人酿酒，称“榷沽”。秋毫：秋天鸟兽换毛，新毛很细，喻微小。升与斗：酒的计量单位。欧阳修反对与民争夺微薄之利，主张取消酒榷政策。② 酒醅：未过滤的酒。瀺灂：水细流有声，喻酒醅发酵时发出的声音。 ③ 罂：见前《雪》诗注。 ④ 德：恩德。 ⑤ 长民：治民，管理百姓。 ⑥“仁当”句：义与仁，儒家的政治道德规范。《孟子·离娄下》：“仁者爱人。”《礼记·中庸》：“义者，宜也。” ⑦ 闻达：使之通达于上。施：施行。 ⑧ 宽：使宽，即增利。 ⑨ 尔：你。 ⑩ 不我责：不责备我。

翻译

农民辛苦种糯，官府把酒酿造，

垄断卖酒，与民争利至分毫。

卖酒得钱，酒糟成为废弃之物，

大屋子经年堆积，渐渐烂掉。

刚酿的酒，有如沸汤嘶嘶作响，

东风吹来，酒瓮散发出芳香。

酒坛酒瓶，重重叠叠到处都是，

香气诱人，唯恐不能开盖尝一尝。

官酒味浓，村酒淡薄，

天天有官酒喝当然快乐。
哪知耕田种植糯谷的人，
锅里无粥，从冬到春怎么度过？
饿了还得向官府买糟当饭食，
官吏卖糟，还以为是为民造福。
可叹那为官作宦的人，
他们被称为万民之长。
他们的吃穿，不靠自己种田养蚕，
仁与义是他们学习的治国之方。
仁，应让百姓能够活命，
义，应该让百姓享受安康。
手握权柄可使政令施行，
还可以向皇上反映情况。
可他们上不能使国家富强，
下不能使百姓免遭饥荒！
我在这里饮酒，
你在那里食糟，
即使你不谴责我，
自我谴责萦心上。

读书

嘉祐六年(1061)作。这一年八月,欧阳修由枢密副使转参知政事,与韩琦、富弼共掌朝政。他官居高位,然而并未踌躇满志,而是回顾自己的仕宦道路和读书经历,表现了对官场纷华的厌倦和对归隐读书的向往。诗共分四大段:从首句到“终日”为第一段,写读书治学的乐趣,并揭出“师经”“勇断”的学术见识。从“念昔”到“简编”为第二段,叙述他读书兴趣的变化和对仕宦从热衷到厌倦的过程。第三段从“古人”到“始终”,述摒弃纷华重返书斋后的乐趣。第四段则再次表示了自己归颍筑室读书,著书立说的心愿。诗篇夹叙夹议,舒徐畅达,无异于一篇详尽生动的自叙传。但欧诗繁冗,缺乏锤炼,从这篇也可见一斑。

吾生本寒儒[①],老尚把书卷。眼力虽已疲,心意殊未倦。正经首唐虞[②],伪说起秦汉[③]。篇章异句读[④],解诂及笺传[⑤]。是非自相攻,去取在勇断。初如两军交,乘胜方酣战。当其旗鼓催,不觉人马汗。至哉天下乐,终日在几案。念昔始

从师，力学希仕宦[6]。岂敢取声名，惟期脱贫贱。忘食日已晡[7]，燃薪夜侵旦[8]。谓言得志后，便可焚笔砚。少偿辛苦时，惟事寝与饭。岁月不我留，一生今过半。中间尝忝窃[9]，内外职文翰[10]。官荣日清近[11]，廪给亦丰羡[12]。人情慎所习，鸩毒比安宴[13]。渐追时俗流，稍稍学营办[14]。杯盘穷水陆[15]，宾客罗俊彦[16]。自从中年来，人事攻百箭。非惟职有忧，亦自老可叹。形骸苦衰病[17]，心志亦退懦[18]。前时可喜事[19]，闭眼不欲见。惟寻旧读书，简编多朽断[20]。古人重温故[21]，官事幸有间[22]。乃知读书勤，其乐固无限。少而干禄利[23]，老用忘忧患[24]。又知物贵久，至宝是百炼。纷华暂时好[25]，俯仰浮云散[26]。淡泊味愈长[27]，始终殊不变。何时乞残骸[28]，万一免罪谴[29]。买书载舟归，筑室颍水岸[30]。平生颇论述，诠次加点窜[31]。庶几垂后世，不默死刍豢[32]。信哉蠹书鱼，韩子语非讪[33]。

---

① 寒儒：出身寒微的读书人。《宋史》本传记欧阳修幼年境况云："四岁而孤，母郑，守节自誓，亲诲之学，家贫，至以荻画地学书。" ② 正

经：儒家尊崇的经典。首：始自。唐虞：《尚书》中的《尧典》《舜典》。 ③ 伪说：伪托附会之说。 ④ 句读：文辞语意已尽之处为句，语意未尽而须停顿处为读，读书时用圈点加以标记。 ⑤ 解诂：解释音义。笺传：解释词义并阐明意旨。 ⑥ 希：希图。 ⑦ 晡：黄昏。 ⑧ 旦：早晨。 ⑨ 忝窃：指资格不够而窃据官位。 ⑩ 此句指担任翰林学士和知制诰，负责起草文书。 ⑪ 清近：清要贵近。 ⑫ 廪给：禄米。丰羡：丰足有余。 ⑬ 鸩（zhèn）毒：用鸩的羽毛制成的毒酒。安宴：享乐。 ⑭ 营办：经营办理。 ⑮ 水陆：山珍海味。 ⑯ 罗：网罗。俊彦：杰出人才。 ⑰ 形骸：身体。 ⑱ 退懦：畏缩懦弱。 ⑲ 可喜事：指安宴及官场之事。 ⑳ 简编：古代以竹简书写，以皮条编联成书，称简编。 ㉑ 温故：温习学过的东西。《论语》："温故而知新，可以为师矣。" ㉒ 间：间隙，余暇。 ㉓ 干：干求。 ㉔ 用：借以。 ㉕ 纷华：繁华。 ㉖ 俯仰：俯仰之间，比喻时间短暂。浮云：《论语》："无义而富且贵，于我如浮云。" ㉗ 淡泊：恬静寡欲。 ㉘ 乞残骸：请求以尸骨归葬故乡，指退职。 ㉙ 罪谴：因罪而受责罚。 ㉚ 颍水岸：即颍州。 ㉛ 诠次：编次。点窜：修改字句。指整理平生著作。 ㉜ 刍豢：宗庙祭祀用的六牲。死刍豢：像刍豢一样默默无闻地死去。 ㉝ "信哉"二句：蠹书鱼，书中的蛀虫，即蟫。韩子：韩愈。韩愈《杂诗》："古史散左右，诗书置后前。岂殊蠹书虫，生死文字间。"讪：讥笑。

翻译

我本来是个贫穷的读书人，
到老还有读书的习惯。
眼力虽已昏花，
心里总装着书卷。
正式的经书，起自《尧典》《舜典》，
秦汉时期开始附会杜撰。
不但篇章字句有不同的读法，
解释说明也真伪莫辨。
是非真假自相矛盾，
取舍全靠自己勇于判断。
开始就像两军交战，
乘胜攻击，战斗正激烈开展。
摇旗呐喊，鼓角相催，
不觉得人马都紧张出汗……
啊，天下最大的乐趣，
便是终日读书，伏案浏览。
想起从前开始随师读书，
努力学习，希望能为官作宦。
哪里敢以此博取声名，
不过是想借此摆脱贫贱。

忘了吃饭，一直读到黄昏，
夜以继日，一直读到日上三竿。
认为日后做了官，
便可焚笔弃砚。
整天吃了便睡，
以补偿少年苦读的艰辛。
岁月悠悠，一去不返，
自顾一生，已过大半。
其间有幸窃居高位，
为皇帝掌管内外文翰。
官位日益尊崇显要，
俸禄丰厚，用都用不完。
人应该注意自己的习惯，
安逸宴乐好比毒药一般。
我渐渐追求流俗讲享乐，
稍稍学会把杂务操办。
杯盘里堆满了山珍海味，
客厅里坐满了贵客英贤。
自从进入中年以来，
人事纷扰好像射来乱箭。
担忧的不只是自己的官位，
还因为老境将至令人惋叹。

身体渐渐衰弱多病，
胸中大志也日渐消减。
从前的官场乐事，
现在闭上眼睛不想看。
只想寻找过去读过的旧书，
那简册大多已经朽烂。
古人重视温故而知新，
办完官府公事，幸好还有余闲。
才知道勤于读书，
乐趣确实无限。
年少时读书可谋取官位俸禄，
老来读书可用以忘却忧患。
又懂得了万物贵在持久，
最好的宝贝总要经过千锤百炼。
缤纷华彩只有短暂的美好，
转眼之间就像浮云消散。
清静淡泊，味道更长，
反复品评，始终不变。
什么时候我请求告老退休，
或许能得到恩准，不加罪谴。
买些书籍用船载回去，
筑起我的书斋在颍水岸边。

我一生很喜欢著书立说，
现在可慢慢编排，修改增删。
希望它能流传后世，
不至默默死去，像用作祭祀的猪犬。
唉，我真是一条蠹书鱼，
韩愈的话实在并非讥讪。

再至汝阴三绝(选一)

治平四年(1067)作。汝阴即颍州。是年欧阳修六十一岁。正月，神宗即位，御史彭思永、蒋之奇捏造罪名弹劾欧阳修，虽经辩明，但去志已决，终以观文殿学士、刑部尚书出知亳州，途经颍州，略作停留。他对颍州怀有深厚的感情，对它的美好景物更是赞赏不尽。当时正是麦黄椹熟时节，樱桃红紫，黄鹂鸣啭，诗人流连忘返，视之如同故乡了。诗的开头两句写初夏景色，能抓住最有特征的风物，以泼辣的笔触画出一幅有乡村情趣的画图，堪称佳句。

黄栗留鸣桑椹美①，　紫樱桃熟麦风凉。
朱轮昔愧无遗爱②，　白首重来似故乡。

---

① 黄栗留：又名黄鸟、黄鹂，麦黄椹熟之时，最喜跳跃飞鸣。桑椹：桑果。　② 朱轮：汉制，二千石得乘朱轮，后用以代称太守、知州。欧阳修曾知颍州，故云。遗爱：去职后留下的德政。

翻译

黄莺贪恋美味的桑果，
在桑林中鸣唱；
樱桃红紫，已经熟透，
麦田轻风，十分凉爽。
遗憾的是我在这里当政时，
没有明显的政绩留给地方。
如今满头白发旧地重访，
就像游子回到了久别的故乡。

词

临江仙

据钱愐《钱氏私志》载，钱惟演为西京留守时，欧阳修任河南推官，与一歌伎相好。一日宴于后园，欧与伎晚到。钱惟演责问歌伎，伎回答说："中暑往凉堂睡着，觉失金钗，犹未见。"钱惟演说："若得欧推官一词，当为偿汝。"欧阳修即席作此词。所载此词的背景虽未必可靠，但所写的确实是一女子，上阕写她倚栏待月，下阕写她昼寝。全词无一"情"字，却能处处传情。

柳外轻雷池上雨，雨声滴碎荷声。小楼西角断虹明[①]。栏干倚处，待得月华生[②]。　燕子飞来窥画栋[③]，玉钩垂下帘旌[④]。凉波不动簟纹平[⑤]。水精双枕[⑥]，傍有堕钗横[⑦]。

---

① 虹：阳光与水气相映而形成的彩晕。因被小楼所遮，故称断虹。　② 待：此字妙，传达出女主人公的心事，或盼久别未归的离人，或有什么约会。　③ 窥：从小孔或缝隙偷看。"窥"字点明燕子不能飞入帘内，可见女主人公正在闭户昼寝。　④ 帘旌：帘幕。⑤ 凉波：形容凉席纹路。簟：竹席，精制者纹理平滑有光泽。

⑥ 水精，即水晶。水晶枕，同上文“画栋”“玉钩”，写出女主人住处的华贵，表明了她的身份。 ⑦ 堕钗：女子昼寝时钗落枕边。

翻译

远方的雷声，轻轻滚过柳林，
雨点如珠，落在池塘上面。
雨珠打着荷叶，
荷声雨声一片。
雨后的彩虹，
被小楼西角遮断。
夕阳辉映，
彩虹的颜色更加明艳。
她靠着栏干伫望，
直等到明月出现。

燕子飞来飞去，
偷看彩绘的栋梁。
玉钩空挂，帘幕低垂，
她已进入梦乡。
竹席纹路均匀平静，
像水波一般清凉。
一对水晶枕旁，
掉下的金钗横躺。

踏莎行

这是一首著名的写离别的词。上阕从行人落笔。梅已残，柳正黄，春水盈盈，迢迢不断，行人是沿河愈走愈远，而离愁也是愈远愈浓，不可排遣。下阕则从思妇着墨，也许从行人离家之日起，她就日日登楼望远，但眼前只见青山隐隐，不见行人踪迹。因为是从双方来写，互相映衬，倍觉情深。古代交通不便，山重水隔，出门求学、为宦、戍边，往往经年不归，甚至终生离别，造成了无数的痴男怨女，也留下了无数的离别诗词。欧阳修这首词尤其典型，带有诗人生活体验，因为他也是多次离家远行，甚至因此而与爱妻永诀。

候馆梅残①，溪桥柳细。草薰风暖摇征辔②。离愁渐远渐无穷，迢迢不断如春水③。　　寸寸柔肠，盈盈粉泪④。楼高莫近危栏倚⑤。平芜尽处是春山，行人更在春山外⑥。

---

① 候馆：旅舍。《周礼・地官・遗人》："五十里有市，市有候馆。"

② 薰：香气。草薰风暖：正是写离情的习用景物，如江淹《别赋》："闺

中风暖，陌上草薰。”辔：驾驭牲口的缰绳。摇征辔：指策马登程。③ 迢迢：遥远貌。 ④ 盈盈：泪流满面貌。 ⑤ 危栏：高处的栏杆。 ⑥ 平芜：平旷的草地。这两句可参看范仲淹《苏幕遮》：“山映斜阳天接水，芳草无情，更在行人外。”

翻译

寂寞的旅馆，腊梅已经凋残，
柔嫩的细柳，摇曳在溪水桥边。
和暖的春风，送来阵阵花草香气，
行人摇着缰绳，跨上了马鞍。
离家越远，愁思越是无穷无尽，
就像那春天的流水，连绵不断。

她恐怕已经柔肠寸断，
整天泪流满面。
不要靠着高楼的栏杆，
望穿泪眼也是枉然。
望不断草地尽头是春山，
他更到了春山外的那边。

蝶恋花

这首词一作南唐冯延巳词。李清照《临江仙》词序说："欧阳公作《蝶恋花》，有'深深深几许'之句，予酷爱之。"李清照为南北宋之际人，上距欧阳修不远，她的话是可信的。欧词多为离别相思之作，但他从花间派词人着重写妇女的体态、服饰，转而刻画其内心活动，此词就是代表。上阕写深深庭院中的女子登上高楼也望不见情人游冶之处，刻画出她的相思之苦；下阕写她独自掩门，泪眼对花，刻画出她那种春光（也是青春）易逝的哀愁。语言自然流利，意境层深一层。正如毛先舒所评："因花而有泪，此一层意也；因泪而问花，此一层意也；花竟不语，此一层意也；不但不语，且又乱落，飞过秋千，此一层意也。"（《古今词论》引）这仅是对末二句的分析，全词含蕴之富也是如此，需细细品味。

庭院深深深几许。杨柳堆烟[①]，帘幕无重数。玉勒雕鞍游冶处[②]。楼高不见章台路[③]。

雨横风狂三月暮。门掩黄昏，无计留春住。泪

眼问花花不语。乱红飞过秋千去[④]。

---

① 堆烟:形容杨柳繁密。 ② 玉勒雕鞍:玉做的马勒和雕花的马鞍,代指行人。游冶处:指歌楼妓馆。 ③ 章台路:汉代的长安街,多歌楼妓馆。后借指妓女集中的地方。 ④ 乱红:落花。

翻译

庭院很深很深,
深到了哪种地步?
只见那杨柳茂密,如烟如雾,
掩映着无数的珠帘绣幕。
玉石的马勒,雕花的马鞍,
他骑到那寻欢作乐的地方。
一座座楼台高耸,
她看不见那卖笑的歌舞场。

暮春三月,风雨交加,
百花已经凋零。
关住的院门,留得住黄昏,
留不住那美丽的春景。
含着眼泪问残花,

残花却默默无语。

阵阵狂风又起，

残花也向秋千那边飞去。

生查子

上阕写去年元宵的欢乐，元宵节的热闹仅用“花市灯如昼”一笔带过，重点是写那次幽会；下阕写今年元宵的悲哀，元宵节的热闹仅用“依旧”二字带过，着重写“不见去年人”的哀愁，而对“不见”之因避而不谈，给读者留下了广阔的想象空间。全词运用对比手法，语言平淡，意味隽永。

去年元夜时①，花市灯如昼。月上柳梢头，人约黄昏后。　　今年元夜时，月与灯依旧。不见去年人，泪湿春衫袖。

---

① 元夜：农历正月十五日夜，又称元宵、上元。从隋唐以来，便有元夜观灯的习俗。古代妇女，平常深锁闺门，唯有元宵夜可以出来观灯，所以元宵正是情人“雅会幽欢”的好日子。

翻译

去年正月十五元宵节，

花市灯光像白天一样雪亮。
月儿升起在柳树梢头，
他约我黄昏以后同叙衷肠。

今年正月十五元宵节，
月光与灯光同去年一样。
再也看不到去年的情人，
泪珠儿不觉湿透衣裳。

诉衷情

同写离愁别恨，此首不是以景物衬托，或以行为表现，而是从细微处写出女子晨起妆束时的种种情态，从而透露出女子的心事。因为是从“眉”字落笔，故《近体乐府》及黄升《花庵词选》均题作《眉意》。

清晨帘幕卷轻霜[①]。呵手试梅妆[②]。都缘自有离恨，故画作远山长[③]。　思往事，惜流芳[④]。易成伤[⑤]。拟歌先敛[⑥]，欲笑还颦[⑦]，最断人肠[⑧]。

---

① 轻霜：薄霜，表明时节已是初秋。 ② 呵手：呵气暖手。梅妆：梅花妆，古代妇女的一种装饰，相传南朝宋武帝刘裕之女寿阳公主，卧于含章殿檐下，梅花落额上，成五出花，拂之不去，宫女以为奇异，竞相仿效，称为梅花妆。 ③ 远山长：以山喻愁眉，以山色喻眉黛。韦庄《荷叶杯》：“一双愁黛远山眉。” ④ 流芳：流逝的青春年华。 ⑤ 伤：伤感。 ⑥ 拟歌：打算歌唱。敛：收敛，即停止歌唱。 ⑦ 颦：蹙眉。 ⑧ 断人肠：悲痛至极，谓之断肠。

翻译

清晨卷起帘幕，帘上有薄霜。

呵气暖手，试画一个梅花妆。

因为心里充满离愁别恨，

故把眉毛画得又黑又长，像远山一样。

想起往日的恩爱，

怜惜流逝的时光。

这最易惹人心伤。

想唱支歌，又唱不出口，

想笑一笑，眉心儿偏又皱上。

这境况，最令人愁断柔肠。

朝中措

这是欧阳修至和三年(1056)为送友人刘敞出守扬州而作,当时欧阳修在朝任翰林学士。词的上阕回忆当年自己知扬州时的生活,表现了对扬州的深切怀念;下阕劝新知扬州的刘敞要及时行乐,在看似豪迈的词句后面,蕴藏着很深的沧桑之感。欧阳修词本以清丽深婉为特色,但这首词却意境开阔,豪放旷达,别具一格。前人以为欧阳修词"疏隽开子瞻(苏轼),深婉开少游(秦观)"(冯煦《蒿庵论词》),这首词确实已开苏轼词的先风。

平山栏槛倚晴空①,山色有无中②。手种堂前垂柳③,别来几度春风④。　　文章太守⑤,挥毫万字⑥,一饮千钟⑦。行乐直须年少,樽前看取衰翁⑧。

---

① 平山:平山堂,在扬州西北蜀岗上,地势宏敞,厅堂壮丽,欧阳修庆历八年(1048)为郡守时所建,他常在此游宴。　② 山色有无中:这是用王维《汉江临眺》的现成诗句,写烟雨朦胧,故觉得山色时有时无。有人说平山堂望江南诸山甚近,欧阳修近视,故说山色有无,这

是误解。 ③ 堂前垂柳:欧阳修为扬州知州时,在平山堂前种柳一株,人称“欧公柳”。 ④ 几度春风:欧阳修于庆历八年知扬州,距刘敞知扬州已八年。 ⑤ 太守:汉代的地方长官,类似宋代的知州,此指刘敞。刘敞字原父,学问渊博,为文敏捷,欧阳修与他交往甚深。⑥ 挥毫万字:下笔千言。 ⑦ 钟:古代圆形盛酒器。 ⑧ 衰翁:作者自称。

翻译

平山堂高高耸入晴朗的天空,
我靠着它的栏杆极目远望。
江南诸山若有若无,
眼前一片烟雨茫茫。
从前在堂前亲手种过的垂柳,
别后又过了几个春光?

刘太守最擅文章,
下笔千言,文思奔放,
一饮千杯,英姿豪爽。
行乐应该及时,
趁着年轻力壮。
席前应以前任太守为鉴,
他已经白发苍苍。

采桑子

《采桑子》鼓子词十首，是欧阳修皇祐元年(1049)至二年知颍州时陆续作。词中写颍州西湖四季的不同景色和游赏情趣，抒发了对其地的无限热爱之情。这是第四首，写颍州西湖春末夏初的景象和游人散去之后所感受的空寂惆怅。

群芳过后西湖好，狼籍残红[①]。飞絮蒙蒙[②]。垂柳栏干尽日风。　　笙歌散尽游人去，始觉春空[③]。垂下帘栊[④]。双燕归来细雨中。

---

① 狼籍：散乱貌。残红：落花。　② 飞絮蒙蒙：柳花密布。　③ 春空：春尽。　④ 栊：窗牖。帘栊：窗帘。

翻译

百花盛开的春天过后，
西湖的景色更美，
地上是散乱的落花，

空中是白蒙蒙的柳絮。
垂柳在栏杆旁如痴如醉，
整天都是和暖的春风。

歌筵上的舞女已散，
陌上的男女老少已回，
才觉得已少了春天的风味。
我轻轻放下窗帘，
只见寻巢双燕雨中飞。

阮郎归

上阕写踏青，写出春景，“青梅如豆柳如眉”颇能把握早春特征。下阕写美人昼寝，花重草密，是荡秋千之地；白日垂帘，是昼寝的准备；秋千慵困，是昼寝之因；双燕栖梁，是写她的孤寂。不着欢愁，而欢愁自见。

南园春半踏青时[①]。风和闻马嘶。青梅如豆柳如眉。日长蝴蝶飞。　　花露重，草烟低。人家帘幕垂。秋千慵困解罗衣，画梁双燕栖。

---

① 春半：一作春早。踏青：春天到郊野游玩。

翻译

在南郊的园林中游春，

和暖的春风中，时时听到马的嘶鸣。

青青的梅子，才豆粒一样大小，

细嫩的柳叶，像眉毛一般秀灵。

春日渐长，蝴蝶飞得多么轻盈。

花上露珠晶莹，

春草茂密如烟。

这户人家已放下窗帘。

她荡罢秋千格外疲倦，

轻解罗衣床上眠，

伴她的只有梁上双燕。

南歌子

上阕写新娘晨妆，为了博得夫婿的欢心，她细心打扮自己，还故意问眉毛画得是否合时；下阕写她绣花，一会弄笔，一会试画，一会问鸳鸯两字怎么写，闹了半天，实际还未动手，细腻地刻画了她对夫婿的依恋之情和撒娇之态。欧阳修词常与花间词混，这首描写新嫁娘娇憨神态的词，放在《花间集》中，就很难区别。

凤髻金泥带，龙纹玉掌梳。去来窗下笑相扶。爱道："画眉深浅入时无[①]？"　弄笔偎人久，描花试手初。等闲妨了绣功夫[②]，笑问："双鸳鸯字怎生书[③]？"

---

①“画眉”句：引自唐朱庆余《近试上张籍水部》：“洞房昨夜停红烛，待晓堂前拜舅姑。装罢低声问夫婿，画眉深浅入时无？”入时：合时。
② 等闲：轻易，随便。　③ 怎生：怎样。

翻译

高耸的发髻似凤，
泥金的发带闪光。
刻有龙纹、形似手掌的玉梳，
横插在发髻上。
窗前来来去去，
对镜仔细端详。
挽着郎君亲昵问：
“我的眉毛画得怎么样？”

依偎着他，把画笔弄了很久，
才起身试着描绘花样，
白白耽搁了绣花的时光。
语意双关笑问郎：
“应该怎样写‘鸳鸯’？”

渔家傲

这是欧阳修以《渔家傲》为题写的六首采莲词之一，将渔家少女的纯真浪漫和荷田花香的自然环境有机融成一体，是宋词中描写少女生活的不可多得的佳作。词的构思也很工巧，从“花底忽闻敲两桨”直接切入，简洁而分明；中间镌入“酒盏旋将荷叶当”，“惊起望。船头搁在沙滩上”的画面，表现了少女的浪漫情怀；“时时盏里生红浪”，“花气酒香清厮酿。花腮酒面红相向”等佳句，将自然与人工巧妙地互相衬托，情趣盎然。全词清新雅洁，特别是最后一句，实是描写少女的神来之笔。

花底忽闻敲两桨。逡巡女伴来寻访[①]。酒盏旋将荷叶当[②]。莲舟荡。时时盏里生红浪[③]。

花气酒香清厮酿[④]。花腮酒面红相向。醉倚绿阴眠一饷。惊起望。船头阁在沙滩上。

---

① 逡巡：顷刻，一会儿。陆游《除夜》诗：“相看更觉光阴速，笑语逡巡即隔年。” ② 旋将：转将，即将。当：代替。 ③ 这句的意思是说，粉红色的荷花倒影不时在酒盏中晃动，形成红色的波纹。 ④ 清厮

酿：花香和酒香清新地混合在一起。

翻译

荷花底下，忽听到双桨击水的声响。
不一会，一群女友来寻访。
摘下荷花当酒杯，
采莲船在荷花池中荡漾。
粉红色的荷花映酒中，
“杯”里时时翻红浪。

清新的荷香、醇美的酒味，混和酿造。
粉红的荷花、粉红的脸蛋，相向映照。
绿色的荷叶丛中，
醉了正好躺一躺。
一觉醒来抬头望，
船头搁浅在沙滩上。

文

丛翠亭记

明道元年(1032)作。时欧阳修在洛阳任西京留守推官,与尹洙等开始倡导革新文风,致力古文创作。此文即为早期作品之一。文章围绕丛翠亭的命名,先写洛阳山川形势,次写亭子所处环境,最后归结到写此文的缘由,可谓善于切题,妙于构思,行文虽简洁,却颇有气势。

九州皆有名山为镇[1],而洛阳天下中[2],周营汉都[3],自古常以王者制度临四方[4],宜其山川之势雄深伟丽,以壮万邦之所瞻。

由都城而南以东[5],山之近者,阙塞、万安、轘辕、缑氏[6],以连嵩室[7],首尾繁屈逾百里。从城中因高以望之[8],众山靡迤[9],或见或否,惟嵩最远、最独出,其崭岩耸秀[10],拔立诸峰上,而不可掩蔽。盖其名在祀典[11],与四岳俱[12],备天子巡狩望祭[13],其秩甚尊[14],则其高大殊杰当然[15]。

城中可以望而见者,若巡检署之居洛北者为尤高[16]。巡检使内殿崇班李君[17],始入其署,即相其西南隅而增筑之[18],治亭于上[19],敞其南北向以

望焉。见山之连者、峰者、岫者[20]，骆驿联亘[21]，卑相附[22]，高相摩[23]，亭然起[24]，崒然止[25]，来而向，去而背，颓崖怪壑，若奔若蹲，若斗若倚，世所传嵩阳三十六峰者[26]，皆可以坐而数之。因取其苍翠丛列之状，遂以“丛翠”名其亭。

亭成，李君与宾客以酒食登而落之[27]，其古所谓居高明而远眺望者欤！既而，欲纪其始造之岁月，因求修辞而刻之云。

---

① 九州：泛指全国。上古中国划分为九州。镇：古称一方的主山为镇。 ② 天下中：中国的中心。欧阳修《洛阳牡丹记》：“夫洛阳于周所有之土，四方入贡道里均，乃九州之中。” ③ 周营：西周初，周公就营建洛阳，平王时迁都于此。汉都：东汉亦都洛阳。 ④ 王者制度：天子的规模法度。临：君临，统辖。 ⑤ 都城：北宋以洛阳为西京，也可称都城。 ⑥ 阙塞：山名，在府城正南二十五里。万安：山名，在洛阳东南四十里。轘辕、缑氏：皆山名，在河南偃师东南。⑦ 嵩室：即嵩山。嵩山有太室、少室诸峰，总称嵩室。 ⑧ 因高：凭借高处。 ⑨ 靡迤：相连貌。 ⑩ 崭岩：山高峻貌。崭(chán)：通“巉”。 ⑪ 祀典：《礼记·王制》：“天子祭名山大川，五岳比三公。”⑫ 四岳：除中岳嵩山外，其他四岳为：东岳泰山，西岳华山，南岳衡山，北岳恒山，同享祭祀。 ⑬ 巡狩：皇帝巡游各地。望祭：拜祭山川。《尚书·舜典》：“望于山川。”注：“九州名山大川，五岳四渎之

属，皆一时望祭之。” ⑭ 秩：次序，地位。 ⑮ 殊杰：特别杰出。 ⑯ 巡检署：官署名。巡检统掌禁兵，负责一定区域的治安。 ⑰ 内殿崇班：宋代武官品级名。李君：名未详。 ⑱ 相：察看，选择。 ⑲ 治：建筑。 ⑳ 岫（xiù）：有洞穴的峰峦。 ㉑ 骆驿：通“络绎”，连绵不断。联亘：联接横贯。 ㉒ 卑：低。 ㉓ 摩：迫近。 ㉔ 亭然：亭亭耸立貌。 ㉕ 崪然：险峻貌。 ㉖ 嵩阳：嵩山之北，这里指嵩山。 ㉗ 落：落成典礼。《左传》昭公七年，“楚子成章华之台，愿与诸侯落之”。注：“宫室新成祭之为落。”

翻译

天下各个地方都有著名的山峰作为一方山川灵秀的主宰。洛阳位于天下的中心位置，周朝时曾营造过宫室，汉代又曾作为国都。自古以来，常以帝王的规模法度统辖各地。难怪它的山岳河流气势非常雄壮、涵浑、宏伟、秀丽，加深了天下各国对它的景仰。

由都城向南偏东，附近的山峰有阙塞、万安、轘辕、缑氏，一直到嵩山，首尾绵延盘曲，超过百里。从城中凭高处望去，众山逶迤遮掩，忽隐忽现，只有嵩山最远、最突出。山上危岩耸翠，卓然挺拔于诸峰之上，众山都遮蔽不住它。它列名在皇家祭祀大典中，与四岳同样，都是皇帝外出巡游，进行祭祀的地方，它的地位是很尊贵的，因此它的高大特出是理所当然的。

城中有可以望见诸峰的地方，如位于洛水北面的巡检署，地势更高。巡检使内殿崇班李君，来到署中不久，即选择署内西南角，加以增筑，在上面建造亭子，敞开亭子的南北方向以便观赏。只见群山有相连属的，孤峰特出的，洞穴森然的，联绵横亘。低的互相攀附，高的互相挤迫，有的亭亭耸立，像要腾起，有的峭如断壁，岿然不动，对面而来，转背而去，光颓的岩崖，险怪的山谷，有的像在奔驰，有的像在蹲坐，有的对峙，有的相倚。社会上传闻的"嵩阳三十六峰"，都可以坐在亭子上一一数得出来。根据这群山苍翠丛列的形状，于是给亭子取名为"丛翠亭"。

亭子建成后，李君和客人带了酒食到亭子上举行落成典礼，这正像古代所说的站在高敞明亮的地方即眺望得很远呵。之后，为了记载开始建造的年月，于是请我写下这篇文字，刻石为记。

原弊

作于景祐三年(1036)贬谪夷陵前。原:推究事物的本原。宋王朝建立七十年,积贫积弱的局面越来越突出,各种社会矛盾更加尖锐,范仲淹等一批有识之士酝酿着一场政治革新运动。欧阳修作此文旨在探求宋王朝积贫积弱的原因,提出自己的仁政爱民、务农节用的政治主张,为革新运动制造舆论。文章就“农本”思想立论,并无新颖之处。它的特点是作者感情真挚,负有强烈的责任感,对政治弊端的剖析透彻全面,对百姓的疾苦深切同情。这对一个封建官吏来说是十分可贵的。文章仿效孟子,反复论列,层层深入,具有不可辩驳的逻辑力量。北宋前期,文风浮薄,像这样切实有力的议论文,还是罕见的。

孟子曰①:养生送死,王道之本②。管子曰③:仓廪实而知礼节④。故农者,天下之本也,而王政所由起也⑤。古之为国者未尝敢忽,而今之为吏者不然,簿书听断而已矣⑥。闻有道农之事,则相与笑之曰鄙⑦。夫知赋敛移用之为急,

不知务农为先者，是未原为政之本末也；知务农而不知节用以爱农，是未尽务农之方也。

古之为政者，上下相移用以济[8]，下之用力者甚勤，上之用物者有节[9]。民无遗力，国无过费，上爱其下，下给其上，使不相困。三代之法皆如此[10]，而最备于周。周之法曰：井牧其田[11]，十而一之[12]。一夫之力，督之，必尽其所任[13]；一日之用，节之，必量其所入。一岁之耕供公与民食，皆出其间而常有余，故三年而余一年之备。今乃不然，耕者不复督其力，用者不复计其出入，一岁之耕供公仅足，而民食不过数月。甚者，场功甫毕[14]，簸糠麸而食秕稗，或采橡实、畜菜根以延冬春[15]。夫糠核橡实[16]，孟子所谓狗彘之食也[17]，而卒岁之民不免食之[18]。不幸一水旱，则相枕为饿殍，此甚可叹也。

夫三代之为国，公卿士庶之禄廪[19]，兵甲车牛之材用，山川宗庙鬼神之供给[20]，未尝阙也，是皆出于农。而民之所耕不过今九州之地也，岁之凶荒[21]，亦时时而有，与今无以异。今固尽有向时之地，而制度无过于三代者[22]。昔者用常有余，而今常不足，何也？其为术相反而然也[23]。昔者知务农又知节用，今以不勤之农，赡无节之用故也[24]。非徒不勤农，又为众弊以耗之[25]；非徒不量民力以为节，又直不量天力之所任也[26]。

何谓众弊？有诱民之弊[27]，有兼并之弊[28]，有力役之弊[29]。请详言之：今坐华屋、享美食而无事者，曰浮图之民[30]；仰衣食而养妻子者，曰兵戎之民[31]。此在三代时，南亩之民也[32]。今之议者以浮图并周孔之事曰三教[33]，不可以去；兵戎曰国备[34]，不可以去。浮图不可并周孔[35]，不言而易知，请试言兵戎之事。国家自景德罢兵[36]，三十三岁矣，兵尝经用者，老死今尽；而后来者未尝闻金鼓[37]、识战阵也，生于无事而饱于衣食也，其势不得不骄惰[38]。今卫兵入宿[39]，不自持被而使人持之[40]；禁兵给粮，不自荷而雇人荷之[41]。其骄如此，况肯冒辛苦以战斗乎！前日西边之吏[42]，如高化军[43]、齐宗举两用兵而辄败[44]，此其效也。夫就使兵耐辛苦而能斗战，惟耗农民，为之可也；奈何有为兵之虚名，而其实骄惰无用之人也。

古之凡民长大壮健者皆在南亩，农隙则教之以战。今乃大异，一遇凶岁，则州郡吏以尺度量民之长大而试其壮健者，招之去为禁兵；其次不及尺度而稍怯弱者，籍之以为厢兵。吏招人多者有赏，而民方穷时争投之。故一经凶荒，则所留在南亩者惟老弱也。而吏方曰：不收为兵，则恐为盗。噫，苟知一时之不为盗，而不知其终身骄惰而窃食也。古之长大壮健者任耕[45]，而老弱者游惰；今之长大壮健者游惰，而老弱者留耕也。何相反之甚耶！然民尽力乎南亩者，或不免乎狗彘之食，而一去为僧、兵，则终身安佚而享丰腴[46]，则南亩之民不得不日减也。故曰有诱民之弊者，谓此也，其耗之一端也。

古者计口而受田[47]，家给而人足。井田既坏[48]，而兼并乃兴。今大率一户之田及百顷者[49]，养客数十家[50]，其间用主牛而出己力者，用己牛而事主田以分利者，不过十余户；其余皆出产租而侨居者曰浮客[51]，而有畬田[52]。夫此数十家者，素非富而畜积之家也[53]，其春秋神社婚姻死葬之具[54]，又不幸遇凶荒与公家之事[55]，当其乏时，尝举债于主人而后偿之[56]，息不两倍则三倍。及其成也[57]，出种与税而后分之，偿三倍之息，尽其所得，或不能足。其场功朝毕而暮乏食，则又举之。故冬春举食则指麦于夏而偿，夏秋则指禾于冬而偿也。

似此数十家者，常食三倍之物[58]，而一户常尽取百顷之利也[59]。夫主百顷而出税赋者一户，尽力而输一户者数十家也；就使国家有宽征薄赋之恩[60]，是徒益一家之幸，而数十家者困苦常自如也。故曰有兼并之弊者，谓此也。此亦耗之一端也。

民有幸不役于人[61]，能有田而自耕者，下自二顷至一顷，皆以等书于籍[62]，而公役之多者为大役，少者为小役，至不胜[63]，则贱卖其田或逃而去。故曰有力役之弊者，谓此也，此亦耗之一端也。

夫此三弊，是其大端。又有奇邪之民[64]，去为浮巧之工；与夫兼并商贾之人，为僭侈之费[65]；又有贪吏之诛求[66]，赋敛之无名，其弊不可以尽举也。既不劝之使勤[67]，又为众弊以耗之，大抵天下中民之士富且贵者，化粗粝为精善[68]，是一人常食五人之食也。为兵者养父母妻子，而计其馈运之费，是一兵常食五农之食也。为僧者养子弟而自丰食，是一僧常食五农之食也。贫民举倍息而食者，是一人常食二人三人之食也。天下几何其不乏也！

何谓不量民力以为节？方今量国用而取之

民，未尝量民力而制国用也。古者冢宰制国用[69]，量入以为出，一岁之物三分之，一以给公上，一以给民食，一以备凶荒。今不先制乎国用，而一切临民而取之，故有支移之赋[70]，有和籴之粟[71]，有入中之粟[72]，有和买之绢[73]，有杂料之物[74]，茶盐山泽之利，有榷有征[75]。制而不足[76]，则有司屡变其法[77]，以争毫末之利。用心益劳而益不足者，何也？制不先定而取之无量也。

何谓不量天力之所任？此不知水旱之谓也。失阴阳在天地间[78]，腾降而相推，不能无愆伏[79]；如人身之有血气，不能无疾病也。故善医者不能使人无疾病，疗之而已；善为政者不能使岁无凶荒，备之而已。尧、汤大圣[80]，不能使无水旱，而能备之者也。古者丰年补救之术，三年耕必留一年之蓄，是凡三岁期一岁以必灾也。此古之善知天者也。今有司之调度，用足一岁而已，是期天岁岁无水旱也。故曰不量天力之所任。是以前二三岁连遭旱蝗[81]，而公私乏食，是期天之无水旱，卒而遇之[82]，无备故也。

夫井田什一之法，不可复用于今。为计者莫若就民而为之制[83]，要在下者尽力而无耗弊，上者

量民而用有节，则民与国庶几乎俱富矣。今士大夫方共修太平之基，颇推务本而兴农[84]，故辄原其弊而列之[85]，以俟兴利除害者采于有司也[86]。

---

① 孟子：名轲，邹人（今山东邹城）。战国时期思想家，儒家的代表人物。 ②“养生”二句：语本《孟子·梁惠王》上：“养生送死无憾，王道之始也。”本：本原，根本。 ③ 管子：名夷吾，字仲，颍上人。春秋初期政治家，曾任齐国的宰相，他的言论由门人辑成《管子》一书。 ④“仓廪”句：语又见《汉书·食货志》。仓廪：仓库。 ⑤ 王政：儒家理想中的仁政。 ⑥ 簿书：原指登记财谷赋税的册子，这里指管理财谷赋税。听断：审理案件。 ⑦ 鄙：庸俗，鄙陋。 ⑧ 济：调剂。 ⑨ 节：节制。 ⑩ 三代：指夏、商、周，是古代思想家所谓的治世。 ⑪ 井牧其田：《周礼·地官》：“乃径土地，而井牧其田。”意为测量、规划土地，确定是用井田法耕种，还是用以放牧。 ⑫ 十而一之：按十分之一征税。 ⑬ 督：督促。 ⑭ 场功：指打谷场上的劳动。甫毕：刚刚结束。 ⑮ 延冬春：度过冬春饥荒季节。 ⑯ 核：米麦的粗屑。 ⑰ 彘：猪。《孟子·梁惠王》上有“狗彘食人食而不知检”语，言奢靡。此处是董仲舒《说武帝限民名田》“古之贫民，常衣牛马之衣而食犬彘之食”意。 ⑱ 卒岁：年终。 ⑲ 公卿：古代朝廷有三公九卿，这里泛指朝廷官吏。士庶：士子、庶民，这里指衙门的低级胥吏和差役。禄廪：薪俸。 ⑳ 供给：此指祭祀的费用。 ㉑ 凶荒：灾荒。 ㉒ 制度：指前所述官吏俸禄、军事、祭祀费用。 ㉓ 为术：治国的方法。 ㉔ 赡：供给，供养。 ㉕ 弊：

弊端。耗:消耗,损耗。 ㉖ 任:胜任,承受。 ㉗ 诱民:引诱农民脱离农业生产,去当和尚、士兵,坐享劳动果实。 ㉘ 兼并:豪强富室侵占别人的田产。 ㉙ 力役:替官府服徭役。 ㉚ 浮图之民:指僧侣。 ㉛ 兵戎之民:指兵士。 ㉜ 南亩之民:耕田种地的农民。南亩即田亩,古人田土多向南开,因向阳,利于农作物生长。 ㉝ 周孔:周公、孔子,指儒教。三教:指儒、释、道三教。 ㉞ 国备:国家防务,军备。 ㉟ 并:并立。此言佛教与儒教不可处同等地位。 ㊱ 景德罢兵:宋真宗景德元年(1004),辽南侵,宋真宗亲征,于澶渊打败辽军,但却订立"澶渊和议",形成南北相持局面。 ㊲ 金鼓:古代以鸣锣击鼓作为作战时进退的号令,此指战争。 ㊳ 骄惰:骄纵游惰。 ㊴ 卫兵:即禁兵。宋代军队分禁兵、厢兵。各州府选送京城担任首都卫戍的称禁兵。留在州府,不加训练,只充劳役的称厢军。 ㊵ 被:甲楯之类的护身物。 ㊶ 荷:背负。 ㊷ 西边:西部边境,指与西夏交界的陕西路。 ㊸ 高化:字仲熙,真定人,少沉勇有力。仁宗时知渭州,发兵袭明珠族,兵败,降滑州总管。 ㊹ 齐宗举:《宋史》卷四百八十五《外国》一作齐宗矩。景祐元年秋,西夏国主元昊寇庆州,都巡检扬遵与战,失败。环庆路都监齐宗矩增援,也兵败被俘。 ㊺ 任耕:担任耕作。 ㊻ 安佚:同"安逸"。丰腴:丰盛肥美的食物。 ㊼ 计口而受田:古代按人口分配田地,每户一百亩(见《周礼·大司徒》)。 ㊽ 井田既坏:井田是殷周时的一种土地制度,因把田地分成井字形而得名。春秋时各国先后实行税亩制,土地开始私有,井田制遂遭到破坏。 ㊾ 一户之田及百顷者:指地主,亦称主户。 ㊿ 养客:即客户,亦称庄户。客户又有本地客户和外来客户之分。本地客户尚有一定的土地或有自己的耕牛,靠租赁地主的耕牛耕种自己的土地或用自己的耕牛租种地主的土地,受剥削较外来客户略轻。 ㉛ 侨居:寄居,客居。浮客:即外来客户,他们一无所有,只能租种新垦瘠地,受剥削比本地客户更重。 ㉜ 畬(yú)田:新开垦的荒地。 ㉝ 畜:同“蓄”。 ㉞ 春秋神社:春秋两季的庙会祭祀。具:备办。 ㉟ 公家之事:指徭役。宋时徭役对农民危害极大,故与荒年并举。 ㊱ 举债:借债。 ㊲ 成:收成。 ㊳ 常食三倍之物:因为庄客借粮食要偿还三倍利息,所以说“食三倍之物”。 ㊴ 尽取百顷之利:户主名义上与庄客对分,加上高利贷,实际占有全部收成。 ㊵ 宽征薄赋:放宽和减轻赋税。征亦指赋税。 ㊶ 不役于人:指不为佃户、庄客。 ㊷ 以等书于籍:宋代把民户分为五等,将其土地、财产、人口登记入籍,按等级纳税服役。 ㊸ 不胜:不能胜任,无法应付。 ㊹ 奇邪之民:指制造奢侈品的手艺人。 ㊺ 僭侈:超过身份级别的奢侈靡费。 ㊻ 诛求:责求,勒索。 ㊼ 劝:鼓励。勤:勤劳耕种。 ㊽ 化粗粝为精善:改吃粗糙的粮食为吃精美的食品。善:同“膳”。 ㊾ 冢宰:周代官名,为六卿之首。制国用:即对国家的各项花费作出规定,形成制度。 ㊿ 支移之赋:要农民把税粮缴往缺粮的他州他县。 (71) 和籴之粟:政府以预购粮食为名,对农民的额外掠夺。 (72) 入中之粟:政府为充实朝廷财力,供应边地军需,要商贾“入钱于京师”“入刍粮于边”。 (73) 和买之绢:名义上由官府先给货钱,次年收取绢匹,实际上同“和籴”一样,也是额外掠夺。 (74) 杂料之物:有名目的赋税之外,随时增加的杂税。 (75) 榷:官府专卖。宋代实行专卖的有酒、盐、铜、铁等。 (76) 制而不足:按规定征用的赋税不够用。 (77) 有司:古代设官分职,各有专司,因称官府为有司。 (78) 阴阳:构成物质的二气。失阴阳即阴阳失调。 ⑦⑨ 愆伏：指冬夏寒暖失调。《左传》昭公四年，“冬无愆阳，夏无伏阴”。杜预注：“愆，过也，谓冬温；伏阴，谓夏寒。” ⑧⓪ 尧、汤：尧为唐尧，汤为商（殷）汤，上古圣人。晁错《论贵粟疏》：“故尧、禹有九年之水，汤有七年之旱，而国无捐瘠者，以蓄积多而备先具也。”这里用尧、汤的例子说明备荒的重要。 ⑧① “是以”句：宋仁宗明道、景祐间关中旱蝗。 ⑧② 卒：同“猝”，突然。 ⑧③ 就民而为之制：按百姓的实际承受能力定出可行的赋税制度。 ⑧④ “今士”二句：言当时朝野有识之士已认识到务本兴农的重要，欲改革现状。 ⑧⑤ 列：论列。 ⑧⑥ 俟：等候。

翻译

孟子说：生能够赡养，死能够送终，这就是以仁义治天下的根本。管子说：仓库充实，人民饱暖了就会知道礼节。因此耕田种地，生产粮食，这是天下的根本，良好的政治都是由此兴起的，古代治理国家的人从来都不敢忽视。但是现在当官的却不是这样，只知管理财谷赋税、审理案件而已，偶尔有谈及农业的事，便相互嘲笑，说是“俗气”。其实，只知道收缴赋税支配使用是不可延误的急事，却不知道从事农业生产是首要大事的人，那是没有探究从事政治活动的主次本末；知道从事农业生产但不知道节省费用以爱惜农民劳力，那是未能彻底了解发展农业的方法。

古代从事政治活动的人，上下之间相互调剂补充，下层靠劳力为生的人努力生产，上层支配物品的人也有节制。民众没有不尽力的，国家也不会过分浪费，上面怜惜下面，下面供奉上面，彼此间不相困扰。夏、商、周三代的治国方法都是这样，而周朝时最为完善。周朝的方法是：田地分成井田耕种或用来放牧，所得的收成，十分抽一分的赋税。政府督促每一个老百姓竭尽全力去干活，而官府每一日的花费必定限制在收入的数量之内。一年耕种所获，供给官府的花费和老百姓的食用，都出自其中而经常有盈余。所以耕种三年必定有一年的储备。现在却不是这样，不再督促耕田的人竭尽全力，消费的人不再考虑收入的情况。农民耕种一年仅仅能够供应官府，而自己仅有几个月的口粮。更严重的是，打谷场上刚刚收拾完毕，便颗粒不剩，只好籭糠麸吃秕稗，或者采集橡实，贮藏菜根来度过青黄不接的冬春季节。谷糠橡实，是孟子曾经称为“猪狗之食”的，现在农民过年也不免要吃它了。万一不幸遇上水涝旱灾，那么遍地都是横七竖八饿死倒地的农民，实在是令人可悲可叹啊！

夏、商、周三代治理国家，公卿士庶的俸禄，兵器、甲胄、车牛等军用物品，祭祀山川宗庙鬼神的供品，都没有短缺，都是由农民供应的。但是当时的农民所耕种的田地，也不过是今天全国的田地。一年中的灾荒也时时发生，与今天没有两样。今天虽然完全拥有三代时的土地，而官俸、军用、祭祀等制度也没有超过三代。过去的费用经常有盈余，而今天却经常短缺，为什么呢？因为现在治国治民的方法与过去完全相反。过去懂得务农又懂得节约开支，而现在却让不勤奋耕种的农民去供给不知节制的奢华享用。不仅不鼓励农民耕植，还以种种弊端去损害农民；不仅不体谅农民的生产能力而节制费用，简直连老天的承受能力也不考虑了。

什么叫“众弊”？有诱骗农民之弊，有兼并土地之弊，有派遣农民服劳役之弊。请详细加以说明：现在住着装饰华丽的房子，享受美味的菜饭而无所事事的，叫做“浮图之民”；能够领取衣服粮食来养活妻子儿女的，叫做“兵戎之民”。这两种人在三代时，都是耕田种地的人。现在一些发议论的人把浮图与周公、孔子等同，称为“三教”，认为不能废除；士兵是国家战备的需要，不能废除。浮图根本不能与周公、孔子相提并论，这是不言而明的。请讨论“兵戎”之事。国家从景德年间与辽国议和休战以来，已经有三十三年的时间。当年曾经经历过战争的士兵，现在已经年老死光了，而后来当兵的人还没有听见过战鼓的声音、见识过战争的场面。出生在太平无事的岁月而终日饱暖、骄横懒惰是必然之势。现在轮番入京宿卫的士兵，自己不扛甲盾而叫人帮他扛去。禁军分得的口粮，自己不背，雇别人帮他背。骄惰到这副样子，又怎么肯吃苦冒险去作战呢？前不久，西边的将吏，如高化、齐宗举两次用兵都遭失败，就是明证。假如士兵真能耐辛苦参加战斗，只是需要农民的供养，养兵还可以；谁知道他们空有一个“士兵”的虚名，其实却是骄横怠惰的无用之人啊！

古代的普通老百姓长大壮健的都在田里劳动，农闲时间则教他们作战的本领。现在却大不相同，一遇到荒年，州郡的官吏就拿着尺子去量老百姓的高度，检查他们是否壮健。凡是身材高大，体格健壮的都招去当禁兵；其次，身高不合格，较懦弱的，都登记起来当厢兵。官吏招人多的有赏，而老百姓又正当穷困的时候，自然都争着去当兵。因此一遇到灾荒，留在家中耕田种地的只有年老体弱的人了。官吏对此却说：不招他们去当兵，恐怕会变成强盗。唉，仅知道使他们一时不变为强盗，却不知道他们将因此一生骄横怠惰变成寄生虫！古时候，长大壮健的人负责耕田种地，而老弱的人游手好闲；现在是长大壮健的人游手好闲，而老弱的人却留下来耕种。怎么相反到这样的程度呢！既然人民尽力耕种，还不免要吃猪狗的食物，但一去当和尚、当兵，就会终身安闲，享受美好的食物，那么耕田的人就不得不日益减少了。所以说有“诱民之弊”，指的就是这件事。这是使农民受损的一个方面。

古代根据户口授给田地，家庭充裕，人民富足。井田制废除后，兼并土地的风气才盛行起来。现在大约一户人家的田地达到一百顷的，就会拥有佃农数十家。他们之中使用主人的牛而自己出力耕种的，以及用自己的牛耕种主人的田地从中分成的，不过十几户；其余的人都是从外地迁移来租种田地的人，叫做“浮客”，他们租种的都是新垦殖才两年的畬田。这几十家人，从来都不是富裕而有积蓄的人家，一年之中还要备办春秋两季的神社及婚丧嫁娶等事。假如又不幸遇上荒年，以及官府的差事，当他们穷困的时候，只好向主人借债，而借债就要偿还两倍或三倍的利息。

等到收成之后，除去种子和官府的赋税，再与主人分成，还要付主人三倍的利息，将他全部分得的那部分用去还债，有时还不够。他们早上在谷场上收拾完毕，晚上便没有吃的东西了，于是又要借债。因此，冬春两季借来吃，希望到夏天收麦时偿还；夏秋两季则指望冬天以稻子偿还。像这样的几十家人，吃的是付了三倍利息的食物，而一户主人实际上全部占有了百顷土地的收成。户主占有百顷土地却只交一户的赋税，而几十家人却要向这一户庄主交出自己的全部收入。即使国家有宽免徭役、减少赋税的恩德，也不过使户主一家有幸受益，而几十家人却困苦如常。因此说有“兼并之弊”，指的就是这件事，这也是损害农民的一个方面。

老百姓有幸不受庄主的奴役，有自己的田地可以耕种，从二顷到一顷，都按等级登记在官府的簿籍中。而官府的差役，多的为大役，少的为小役，至于承担不起差役的人，只好贱价卖掉田地或外出逃亡。因此说有“力役之弊”，指的就是这事。这也是侵害农民的一个方面。

以上这三种弊端，是指比较重大的。还有那些灵巧的手艺人，专门从事那些奢侈消费品的制作；以及那些兼并土地的户主，做生意的商人，专门花钱过超过自己身份的奢侈生活；又有贪官污吏的搜刮勒索，巧立名目的横征暴敛等，各种各样的弊端真是不胜枚举。官府既不能鼓励农民使他们勤奋耕作，又让种种弊端去损害他们的利益。大概天下处于中等生活水平的士人，富有而尊贵的，把粗糙的粮食变成精美的食品，那就等于一个人经常要吃五个人的食物。当兵的要奉养自己的父母妻子，加上馈运粮饷的费用，那就等于一个士兵要吃五个农民的食物。当和尚的收养徒弟，自己又大吃大喝，那就等于一个和尚要吃五个农民的食物。贫苦百姓靠借几倍利息的粮食生活，那就等于一个人要吃两三个人的食物。天下怎么能不贫乏呢?

什么叫做不知衡量农民的能力而加以节制呢?现在是根据国家需要的费用向农民索取，不是根据农民的生产能力去限制国家的费用。古代的冢宰制定国家费用时，根据收入情况计划支出，一年的收入分成三份，一份给公家，一份作民食，一份备饥荒。现在先不限制国家的费用，一切都向农民索取。因此，要农民到外州县交纳赋税；额外征购农民的粮食；要商人运粮至边地，凭证到京城或他处支取钱物；向农民预买绌绢，实成摊派；临时征收各种杂物；茶盐等物实行专卖，山林湖泊也要征税。按规定征收的赋税还不能满足需要，于是官府经常改变法令，向人民争夺点点滴滴的利益。这样越是处心积虑，越是感到费用不足，为什么呢?正是因为事先没有计划节制费用而又无限量的不断索取。

什么叫不知衡量自然界的承受能力?这是指不知有水旱灾害的变化。天地间存在的阴阳二气，升腾下降，互相推衍，不能没有失误颠倒，就像人身有气血，不能没有疾病。因此，善于治病的医生，不能叫人都没有疾病，只能加以治疗；善于治理国家的官员，不能使每年都没有饥荒，只能做好救济的准备。像尧、汤这样的大圣人，也不能使天下无水涝干旱，但能及时做好准备。古代以丰年补救饥荒的方法就是耕种三年要有一年的积蓄，这是因为预料到三年可能有一年要闹灾荒，这是古代善于观察天时变化的表现。现在官府的调度，费用只满足一年的需要便可以了，这是希望老天爷年年都不会发生水涝干旱。所以说是不知衡量老天爷的承受能力。因此，前二三年，连续遭到旱灾蝗灾，公家私人都缺乏粮食供应，这是希望老天爷没有水涝旱灾，而突然碰上了，又毫无准备造成的。

实行井田制，抽取十分之一赋税的方法，不可能今天重新实行。为今之计，不如根据民众的生产能力而作出规定，目的在使下层人民能够努力生产，没有各种弊端去侵害他们，上层的官员能够体谅民众的生产能力节制费用，这样民众与国家才有希望富裕起来。现在士大夫们正共同奠定国家长治久安的基础，尤其重视从根本上抓起，兴办农业，因此我就推究其中的利弊，罗列出来，以候兴利除害的人采纳，以供官府参考。

与高司谏书

景祐三年(1036)作。高司谏,即高若讷,字敏之,并州榆次(今山西晋中)人,时任左司谏。这一年的北宋朝廷,围绕范仲淹抨击朝政、触怒宰相吕夷简被贬饶州一事,发生了一场争论,引起了轩然大波:正直的朝臣纷纷论救,余靖上疏请改前命,尹洙亦自称为"仲淹之党",要求同贬。高若讷身为谏官,却阿附吕夷简,诋毁范仲淹。欧阳修激于义愤,写此信给高若讷,揭露他依阿执政,不敢直言的卑微心理,痛斥他的恶劣行径。文章不仅义正词严,说理透辟,而且结构也颇为讲究。他先从对高若讷为人的认识过程写起,以三个"疑"字展现出高若讷俯仰默默的一生,然后再以高在范仲淹问题上的行为同他平常的言论比较,得出高若讷乃"君子之贼"的结论,可谓痛快淋漓,不容置辩。据载高见信后愤怒难堪,上此书于朝廷,欧阳修也因此被贬为夷陵令。

修顿首再拜白司谏足下[①]:某年十七时,家随州[②],见天圣二年进士及第榜[③],始识足下姓名。是时予年少,未与人接[④],又居远方[⑤],但闻今宋

舍人兄弟与叶道卿、郑天休数人者[6]，以文学大有名，号称得人[7]。而足下厕其间[8]，独无卓卓可道说者[9]，予固疑足下不知何如人也。

其后更十一年，予再至京师[10]。足下已为御史里行[11]，然犹未暇一识足下面，但时时于予友尹师鲁问足下之贤否[12]。而师鲁说足下正直有学问，君子人也。予犹疑之。夫正直者，不可屈曲；有学问者，必能辨是非。以不可屈之节[13]，有能辨是非之明，又为言事之官[14]，而俯仰默默[15]，无异众人，是果贤者耶？此不得使予之不疑也。

自足下为谏官来，始得相识，侃然正色[16]，论前世事历历可听[17]，褒贬是非无一谬说。噫，持此辩以示人，孰不爱之！虽予亦疑足下真君子也。

是予自闻足下之名及相识，凡十有四年，而三疑之。今者，推其实迹而较之[18]，然后决知足下非君子也。

前日范希文贬官后[19]，与足下相见于安道家[20]，足下诋诮希文为人[21]。予始闻之，疑是戏言；及见师鲁，亦说足下深非希文所为，然后其疑遂决。希文平生刚正，好学通古今，其立朝有本末[22]，天下所共知，今又以言事触宰相得罪[23]。足下既不能为辨其非辜[24]，又畏有识者之责己，遂随而诋之，以为当黜[25]，是可怪也。

夫人之性，刚果懦软禀之于天[26]，不可勉强，虽圣人亦不以不能责人之必能。今足下家有老母，身惜官位，惧饥寒而顾利禄，不敢一忤宰相以近刑祸[27]，此乃庸人之常情，不过作一不才谏官尔，虽朝廷君子，亦将闵足下之不能，而不责以必能也。今乃不然，反昂然自得，了无愧畏[28]，便毁其贤以为当黜[29]，庶乎饰己不言之过[30]。夫力所不敢为，乃愚者之不逮[31]；以智文其过[32]，此君子之贼也[33]。

且希文果不贤邪？自三四年来，从大理寺丞至前行员外郎[34]；作待制日[35]，日备顾问，今班行中无与比者[36]。是天子骤用不贤之人[37]？夫使天子待不贤以为贤，是聪明有所未尽。足下身为司谏，乃耳目之官[38]，当其骤用时，何不一为天子辨其不贤，反默默无一语，待其自败，然后随而非之？若果贤邪，则今日天子与宰相以忤意逐贤人，足下不得不言。是则足下以希文为贤，亦不免责[39]；以为不贤，亦不免责，大抵罪在默默尔。

昔汉杀萧望之与王章[40]，计其当时之议，必不肯明言杀贤者也；必以石显、王凤为忠臣[41]，望之与章为不贤而被罪也。今足下视石显、王凤果忠邪？望之与章果不贤邪？当时亦有谏臣，必不肯自言畏祸而不谏，亦必曰当诛而不足谏也。今足下视之，果当诛邪？是直可欺当时之人[42]，而不可欺后世也。今足下又欲欺今人，而不惧后世之不可欺邪？况今之人未可欺也！

伏以今皇帝即位以来[43]，进用谏臣，容纳言论。如曹修古、刘越[44]，虽殁犹被褒称[45]。今希文与孔道辅皆自谏诤擢用[46]。足下幸生此时，遇纳谏之圣主如此，犹不敢一言，何也？前日又闻御史台榜朝堂[47]，戒百官不得越职言事，是可言者唯谏臣尔。若足下又遂不言，是天下无得言者也。足下在其位而不言，便当去之[48]，无妨他人之堪其任者也。昨日安道贬官、师鲁待罪[49]，足下犹能以面目见士大夫，出入朝中称谏官，是足下不复知人间有羞耻事尔！所可惜者，圣朝有事，谏官不言，而使他人言之，书在史册，他日为朝廷羞者，足下也。

《春秋》之法[50]，责贤者备[51]。今某区区犹望

足下之能一言者[52]，不忍便绝足下而不以贤者责也。若犹以谓希文不贤而当逐，则予今所言如此，乃是朋邪之人尔[53]。愿足下直携此书于朝，使正予罪而诛之，使天下皆释然[54]，知希文之所当逐，亦谏臣之一效也。

前日足下在安道家，召予往论希文之事，时坐有他客，不能尽所怀，故辄布区区[55]，伏惟幸察，不宣[56]。修再拜。

---

① 顿首：叩头。白：禀告。足下：敬称，相当于“您”。这是古人书信开头的格式。 ② 家随州：欧阳修四岁父卒，随母往依叔父欧阳晔，定居随州（今湖北随州）。 ③ 天圣二年：即 1024 年，高若讷于是年中进士。 ④ 未与人接：未与社会名流交往。 ⑤ 远方：指随州。 ⑥ 宋舍人兄弟：指宋庠、宋祁。《宋史》本传称“祁兄弟皆以文学显”。叶道卿：叶清臣，字道卿，《宋史》本传称他“善属文”。郑天休：郑戬（jiǎn），字天休，《宋史》本传称他“以属辞知名”。以上四人与高若讷皆为天圣二年进士。 ⑦ 得人：获得人才。 ⑧ 厕其间：置身于他们之中。 ⑨ 卓卓：卓越，突出。 ⑩ 再至京师：景祐元年（1034），欧阳修西京留守任满，到开封任馆阁校理。 ⑪ 御史里行：官名，职责同监察御史，但品级较低。 ⑫ 尹师鲁：尹洙，字师鲁。 ⑬ 节：节操。 ⑭ 言事之官：即监察御史里行，掌弹劾纠察之权。 ⑮ 俯仰默默：随波逐流，闭口不言。 ⑯ 侃（kǎn）然正色：

刚正严肃。侃然：刚直的样子。 ⑰ 历历可听：清楚动听。历历：清楚，明白。 ⑱ 推其实迹而较之：考察实际行为而进行比较。推：推求，考察。 ⑲ 范希文：范仲淹，字希文。 ⑳ 安道：余靖，字安道。㉑ 诋诮：诋毁，讥诮。 ㉒ 立朝有本末：指做官始终坚持原则。本末：主流末节。 ㉓ 以言事触宰相得罪：指范仲淹景祐三年因批评朝政触怒宰相吕夷简。 ㉔ 非辜：无罪。 ㉕ 黜（chù）：贬斥。㉖ 禀：承受。 ㉗ 忤：逆，不顺从。 ㉘ 了无：毫无。 ㉙ 便毁：巧言诋毁。 ㉚ 饰：遮掩。 ㉛ 逮：及。 ㉜ 文：文饰，把丑打扮成美。 ㉝ 贼：败类。 ㉞ 大理寺丞：中央司法官员。前行员外郎：唐宋时，六部分前行、中行、后行三等。吏、兵部属前行。范仲淹曾任吏部员外郎。 ㉟ 待制：在皇帝左右侍从的官。范仲淹曾任天章阁待制。 ㊱ 班行：班次，行列，指同班朝臣。 ㊲ 骤用：破格提拔。 ㊳ 耳目之官：指谏官。谏官担负言事谏诤之职，有如皇帝的耳目。 ㊴ 责：受到责备。 ㊵ 萧望之：字长倩，东海兰陵（今山东苍山西南）人，汉宣帝时任太子太傅，受宣帝遗命辅政，汉元帝继位后任宰相，被宦官石显等诬告下狱，被迫服毒自杀。王章：字仲卿，泰山钜平（今山东宁阳）人。汉成帝时任京兆尹，被成帝舅父、大将军王凤害死。 ㊶ 石显：字君房，济南（今属山东）人，为中黄门。汉元帝时，贵幸倾朝。汉成帝即位，免官归故里，死途中。王凤：字孝卿，汉元帝王皇后之弟，为大司马、大将军，领尚书事，势倾朝野。㊷ 直：只，仅仅。 ㊸ 伏以：发语词，表示恭敬。今皇帝：指宋仁宗赵祯，1023 年即位。 ㊹ 曹修古：字述之，福建建安（今福建建瓯）人。刘越：字子长，大名（今河北大名）人。当章献太后垂帘听政时，曹修古遇事敢言，刘越也上书请太后还政。仁宗亲政时，二人已卒，乃追赠曹为右谏议大夫,追赠刘为右司谏。 ㊺ 殁:死。 ㊻ 孔道辅:字原鲁。范、孔二人都因谏阻仁宗废郭皇后被贬,不久又起用范为吏部员外郎,孔为龙图阁直学士。 ㊼ 榜:张贴文告。 ㊽ 去之:离职。 ㊾ 安道贬官、师鲁待罪:范仲淹落职后,余靖上书请求减轻处分,被贬监筠州酒税。尹洙也上书自称"仲淹之党",也被贬监唐州酒税。 ㊿《春秋》之法:《春秋》的褒贬笔法。 (51) 责贤者备:要求贤者更严格。 (52) 某:欧阳修自谓。区区:自称的谦词,微小之意。这里表示诚恳。 (53) 朋邪之人:坏人的同党。 (54) 释然:疑虑消除的样子。 (55) 布:表达。区区:一点心愿。 (56) 不宣:旧时书信套语,言不尽意的意思。

翻译

欧阳修叩头再拜,向司谏足下禀告:当我十七岁那年,家住随州,见到天圣二年进士及第的榜文,开始知道您的姓名。那时,我还年少,还没有与天下的知名人士接触,又居住在僻远的地方,只听说现在的宋舍人兄弟与叶道卿、郑天休等几个人,他们都以文学上的成就闻名于世,所以那一科进士考试号称罗致了天下英才。您名列其间,但没有听说过可以称道的突出的成就,所以我一直有疑问,不知道您是怎样的一个人。

以后又过了十一年,当我再到京城的时候,您已经成了御史里行,但仍然没有机会拜会您,只是时时向我的朋友尹师鲁打听您的为人。而师鲁说你正直有学问,是个正人君子。我仍有点怀疑。因为正直的人就不会委曲求全；有学问的人，必定能够明辨是非。一个人有不可屈服的节操，又有明辨是非曲直的聪明，又当上了负责向皇帝指陈过失、评论是非的谏官，却随人俯仰，闭口不言，与一般人没有两样，这能说是一个贤明的人吗？这是使我不得不产生疑问的地方。

自从您出任谏官以来，我们才开始相识。看您刚正严肃的模样，评论过去的世事，件件清楚动听，对是非得失的抑扬褒贬也没有荒谬之处。呵，以这样明辨的才干展示在人们的面前，谁能不爱？就是我也似乎觉得您真是一位君子了。

以上就是我从开始知道您的姓名直到互相认识，共有十四年的时间，而三次对您产生怀疑的过程。现在，研究了你的实际行为，经过比较，然后才知道，您绝不是一位正人君子。

前些时候，范希文被贬官后，与您在安道家里见面，您诋毁讥诮希文的为人。我开始听到的时候，还以为是玩笑话；等到见了师鲁，他也说您完全否定希文的所作所为。这样，我心中的疑团便解开了。希文一生刚正不阿，爱好学问，博通古今。他在朝廷上任职时，说话办事的主流末节，这是天下人所共知的。现在因为议论政事触怒宰相而获罪，您既不能替他辨明无罪，又害怕有见识的人士谴责您，于是随波逐流诋毁他，认为他应该被贬斥，真是怪事！

人的性格，刚直果敢，怯懦软弱，都是天生的，不可勉强。即使是圣人，也不以他做不到的要求他一定做到。现在您家中还有年老的母亲，自己又怜惜官位，害怕饥寒，顾忌利禄，不敢有一点触犯宰相的地方，以致招来刑罚灾祸。这是一般庸人的常情，不过是当一名不称职的谏官罢了；即使朝廷的正人君子也会怜悯您有所不能，不会苛求您一定要做到直言敢谏。但您却不是这样，反倒神气十足，自认为很得意，全无一点惭愧畏惧，任意毁谤一个贤能的人，认为他应该贬逐，希望以此来掩饰自己不敢仗义执言的过失。一个人按能力不敢去做某件事，这是愚蠢而不符要求罢了；但以自己的聪明去粉饰自己不言的过失，那就是君子中的败类了。

而且希文真的不贤吗？自三四年以来，他从大理寺丞升到前行员外郎，在担任待制的日子里，每天都准备接受皇帝的咨询，现在的同僚之中，没有人能与他相比。这难道是皇帝突然之间任用不贤的人？假如天子将不贤的人当作贤人，那是他的闻见还不周全。您身为谏官，正如皇帝的耳目，当他被骤然任用的时候，为什么不为皇帝辨明一下他的不贤，反而沉默无语，等到他得罪遭谴之后，才随大流来指责他呢？假如他果真是贤人，那么现在皇帝与宰相因为他冒犯了自己而贬逐贤人，您作为谏官也不能不言。这样，您认为希文是贤人，也不免受到指责；认为他不贤，也不免要受到指责。您的过错大都在于默默不语。

过去，汉朝杀萧望之与王章，估计当时的议论，必定不肯公开说是杀贤能的人，必定把石显、王凤当作忠臣，认为萧望之与王章不贤而被治罪。今天，您看石显、王凤真的是忠臣吗？萧望之与王章真的不贤吗？当时也有谏官，一定不肯说自己怕惹祸因而不敢直言，一定会说他们二人有罪该杀，不值得为他们辩白。今天依您看来，他们二人果真该杀吗？这只能欺骗当时的人，而不可能欺骗后世的人啊！现在您又想欺骗今天的人们，就不怕后世的人不可欺骗吗？何况今天的人也是不可欺骗的哩！

我以为当今的皇帝当政以来，能够提拔任用谏官，采纳各种言论。像曹修古、刘越这样的人，即使他们死了还受到赞扬表彰。现在希文与孔道辅又都是因为敢于直言批评规劝而获得提拔重用的。您有幸生当这样的时候，遇到了这样能采纳容忍批评意见的圣明天子，仍然不敢讲一句话，这是为什么呢？前几天又听说御史台在朝堂上张贴榜文，告诫官吏们不能越出自己的职权范围议论政事，这样一来，只有谏官才能说话了。假如您还是不肯说话，那么天下没有能说话的人了。您身居谏官的位置而沉默不语，那就应当辞职引退，不要妨碍其他能够胜任这个工作的人。昨天安道已被贬官，师鲁正等候处罚治罪，而您仍然有脸见士大夫，在朝廷上进进出出，以谏官自居，这表明您不再知道人间有羞耻之事了！令人痛惜的是，圣朝有不正确的事，当谏官的不敢批评，而要让其他的人来说话。这种事记载在史书上，将来使朝廷蒙受羞耻的，正是您啊！

《春秋》的褒贬笔法，对贤良的人求全责备。现在我还是恳切地希望您能够站出来说一句话，不忍心便这样与您绝交，而不以一个贤人的标准来要求您。假如您还是认为希文不贤而应该被贬逐的话，那么我今天说出这样的话来，也该算是朋比为奸的人了。希望您把此信带到朝廷上，让朝廷论定我的罪过而加以惩处，使天下之人都不再怀疑，明白希文应当贬逐，这也是谏官报效朝廷的一次机会啊！

前几天，您在安道家叫我去议论希文的事情，因为当时座中有别的客人，不能把心里的话尽情说出来，因此我就在这封信里陈述我的一些想法，希望您能体察。言不尽意。欧阳修再拜。

读李翱文

李翱(773—841),字习之,唐代陇西成纪人,他学文于韩愈,有《李文公集》。此篇《读李翱文》作于景祐三年(1036)贬抵夷陵前后,也是有所为而发:宰相吕夷简在相位日久,年老多病,政事废弛,不思振治,却害怕忧国忧民、有志改革的士大夫议论朝政,范仲淹、尹洙、欧阳修等便因此而受到打击。欧阳修对此一直愤愤不平,因此当他读到李翱文中"众嚣嚣而独处兮,咸叹老而嗟卑。视予心之不然兮,虑行道之犹非",便将他引为同道,进而抨击吕夷简之流在位不肯自忧,又禁他人忧的腐败行径,透露出作者愤世嫉俗,忧国忧民的心事。

予始读翱《复性书》三篇[①],曰:此《中庸》之义疏尔[②]。智者诚其性,当读《中庸》;愚者虽读此,不晓也,不作可焉。又读《与韩侍郎荐贤书》[③],以谓翱特穷时[④],愤世无荐己者,故丁宁如此[⑤];使其得志,亦未必然。以韩为秦汉间好侠行义之一豪俊[⑥],亦善论人者也。最后读《幽怀赋》[⑦],然后置书而叹,叹已复读,不自休,恨

翱不生于今，不得与之交，又恨予不得生翱时，与翱上下其论也[8]。

凡昔翱一时人[9]，有道而能文者莫若韩愈[10]。愈尝有赋矣，不过羡二鸟之光荣，叹一饱之无时尔[11]。此其心使光荣而饱，则不复云矣。若翱独不然，其赋曰："众嚣嚣而杂处兮[12]，咸叹老而嗟卑；视予心之不然兮，虑行道之犹非。"又怪神尧以一旅取天下[13]，后世子孙不能以天下取河北[14]，以为忧。呜呼，使当时君子皆易其叹老嗟卑之心为翱所忧之心[15]，则唐之天下岂有乱与亡哉！

然翱幸不生今时，见今之事[16]，则其忧又甚矣。奈何今之人不忧也？余行天下，见人多矣，脱有一人能如翱忧者[17]，又皆贱远[18]，与翱无异。其余光荣而饱者，一闻忧世之言，不以为狂人，则以为病痴子，不怒则笑之矣。呜呼，在位而不肯自忧，又禁他人使皆不得忧，可叹也夫！

景祐三年十月十七日，欧阳修书。

---

①《复性书》：李翱论人性的哲学著作，分上、中、下三篇，他把"性"和"情"分开，认为"情有善有不善，而性无不善"，强调去不善之情而复

善之性。 ②《中庸》之义疏：为《中庸》作的注解。《中庸》，儒家经典著作，相传孔子之孙孔伋（子思）所作。 ③《与韩侍郎荐贤书》：即李翱《答韩侍郎书》。韩侍郎即韩愈，曾任吏部侍郎。 ④ 特：只是。穷时：不遇于时。 ⑤ 丁宁：同“叮咛”。 ⑥“然以”句：《答韩侍郎书》论到韩愈为人时，有“此秦汉间尚义行侠之一豪俊耳”之语。 ⑦《幽怀赋》：亦李翱所著。其序云：“朋友有相叹者，赋幽怀以答之。” ⑧ 上下其论：斟酌研讨他的议论。 ⑨ 一时：同时。 ⑩ 有道：指学得圣人之道。 ⑪“愈尝”三句：韩愈入仕前，曾作《感二鸟赋》，序云：“今是鸟也，唯以羽毛之异，非有道德智谋、承顾问、赞教化者，乃得蒙采擢荐进，光耀如此，故为赋以悼。”光荣：光耀荣显。赋有“辱饱食其有数，况策名于荐书”语，“叹一饱之无时”指此。 ⑫ 嚣嚣：喧嚷貌。 ⑬ 神尧：指唐高祖。唐高祖谥神尧皇帝。一旅：古代以五百人为一旅。这里代指高祖起兵时统领的军队。 ⑭ 后世子孙：指中唐皇帝。天下：全国。取河北：收复河北，其时河北为军阀（藩镇）所据。 ⑮ 所忧：忧国忧民。 ⑯ 今之事：泛指宋时事，实指范仲淹被逐事。 ⑰ 脱：倘或，或许。 ⑱ 贱远：地位卑贱，远离朝廷。

翻译

当我开始读李翱的《复性书》三篇时，曾经说：这不过是《中庸》一书的义理疏证罢了。聪明的人要想体察自己的性，应当读《中庸》这部书的原文；愚钝的人即使读了《复性书》也不会懂得，不写也是可以的。后来又读他的《与韩侍郎荐贤书》，以为他只不过是不遇于时，而愤世嫉俗，抱怨没有人推荐自己，因此这样反复叮咛。假如他能实现自己的抱负，恐怕就不会这样写了。他将韩愈比作秦汉时期的一位好侠行义的豪杰，也算是善于评品人物的了。最后读了他的《幽怀赋》，然后放下书本叹息，感叹一番之后又拿来重读，不能罢手。可惜李翱不生在今天，没有机会与他结交为朋友；又恨我不生在李翱的时代，与他一起商量斟酌他的议论。

从前凡与李翱同时代的人，品德高尚，懂得治国治民的道理，又善于写文章的，要算是韩愈了。韩愈曾经写过赋，但他的赋，内容不过是羡慕两只鸟儿有幸进入皇宫的荣耀，感叹自己不能经常求得一顿饱饭而已。这种心思，假使他获得荣耀饱暖，那就不会再说什么了。至于李翱却不是这样。他的赋写道："众人吵吵嚷嚷杂乱地在一起，都在那里抱怨年华易逝、地位低微。我的想法却不是这样，我忧虑的是所行的治国之道仍然不好。"赋中又惊叹唐高祖李渊能以一支小小的军队夺取天下，而他的后代子孙拥有全国的军队却不能收复河北，认为这才是应该忧虑的事。唉，如果当时的有识之士都能改变自己感叹年老、抱怨地位低下的心情，与李翱一样，为国事担忧，那么唐朝的天下难道还会动乱与灭亡吗？

然而李翱幸好不生在今天。看见今天的政事，他的忧虑还会更多。现在的人总不忧虑国事，这有什么办法呢？我走遍全国各地，见到的人也算很多了，倘或有一两个人能像李翱那样为国事忧心，又都地位微贱，远离朝廷，与李翱没有区别。其余那些富贵荣耀，饱食终日的人，一听到担忧世事的言论，不是把人家当作疯子，就是认为他犯了痴呆病，不是对他发怒，就是将他嘲笑一番。唉，在职掌权的人，自己不肯为国家担忧，又禁止别人都不得为国忧虑，实在可悲可叹呀！

景祐三年十月十七日，欧阳修记。

峡州至喜亭记

景祐四年(1037)作。峡州州治夷陵(今湖北宜昌),地处长江三峡出口处,湍急险恶的江水,至此转为平缓,舟行的人脱离险境而获得平安,当然都欢喜庆幸。知州朱庆基作江亭以此为名,就代表了行者的这种心情,也体现了朱公想造福于民的胸怀。此文极写江流的湍急,舟行的险恶,借以烘托出行人喜幸之情,同时也突出了朱公的仁者之心,题目虽小,寄托颇大,是欧阳修始终坚持文章"明道致用"的表现。

蜀于五代为僭国①,以险为虞②,以富自足,舟车之迹不通乎中国者五十有九年③。宋受天命,一海内④,四方次第平⑤。太祖改元之三年⑥,始平蜀。然后蜀之丝枲织文之富⑦,衣被于天下⑧,而贡输商旅之往来者,陆辇秦、凤⑨,水道岷江⑩,不绝于万里之外。

岷江之来,合蜀众水,出三峡为荆江⑪。倾折回直,悍怒斗激,束之为湍,触之为旋。顺流之舟顷刻数百里,不及顾视。一失毫厘,与崖石

遇，则靡溃漂没，不见踪迹。故凡蜀之可以充内府、供京师而移用乎诸州者[12]，皆陆出；而其羡余不急之物[13]，乃下于江，若弃之然。其为险且不测如此！夷陵为州，当峡口，江出峡始漫为平流。故舟人至此者，必沥酒再拜相贺[14]，以为更生[15]。

尚书虞部郎中朱公再治是州之三月[16]，作至喜亭于江津[17]，以为舟者之停留也；且志夫天下之大险，至此而始平夷，以为行人之喜幸。夷陵固为下州[18]，廪与俸皆薄[19]，而僻且远，虽有善政，不足为名誉以资进取[20]。朱公能不以陋而安之，其心又喜夫人之去忧患而就乐易，《诗》所谓"恺悌君子"者矣[21]。自公之来，岁数大丰，因民之余[22]，然后有作，惠于往来[23]。以馆以劳[24]，动不违时[25]，而人有赖，是皆宜书。故凡公之佐吏，因相与谋，而属笔于修焉[26]。

---

① 僭（jiàn）国：自命正统的王朝对割据政权的称呼。《旧五代史》以梁、唐、晋、汉、周为正统，把吴、蜀等称为僭伪。 ② 虞：备。《国语·晋语》："卫文公有邢、翟之虞。"注："虞，备也。" ③ 五十有九年：从前蜀王建于唐哀帝天祐四年（907）称帝，到宋太祖乾德三年

(965)平蜀，前后五十九年。 ④ 一：统一。 ⑤ 次第：陆续，依次。 ⑥ 改元：改变年号。宋太祖初建宋朝时，年号建隆，后改元乾德。 ⑦ 丝枲织文：丝麻等纺织品。枲(xǐ)：麻。 ⑧ 衣被：施惠，惠及。 ⑨ 辇：车，此处指辇运，以车辆运输。秦：秦州，治所在今甘肃天水。凤：凤州，州治在今陕西凤县。 ⑩ 岷江：发源于岷山北麓，经乐山入大渡河，经宜宾入长江。此实指长江。 ⑪ 荆江：长江出三峡到湖南岳阳的一段。 ⑫ 内府：皇宫的仓库。 ⑬ 羡余：超额的赋税。 ⑭ 沥酒：把酒过滤。 ⑮ 更生：重生。 ⑯ 尚书虞部郎中：官名。尚书省分吏、户、礼、兵、刑、工六部，虞部属工部，郎中为尚书省及其所属各部的官员。宋以京官知州事，实为虚衔，无职掌。朱公：朱庆基，时为峡州知州。再治：再任。宋代地方官三年一任，任满后受命连任称再治。 ⑰ 江津：江边渡口。 ⑱ 下州：宋代分州为上、中、下三等。峡州属中州，"下"相对于"上"而言。 ⑲ 廪：官府发的粮米。 ⑳ 资：助。 ㉑ 恺悌(kǎi tì)：和乐简易貌。《诗·大雅·泂酌》："岂弟君子，民之父母。"岂弟同"恺悌"。 ㉒ 余：盈余。 ㉓ 惠于：施惠于，造福于。 ㉔ 馆：住宿。劳：慰问。以馆：用此亭供来往行人住宿。以劳：用此亭慰问服役的人。 ㉕ 动不违时：差役的使用不违农时。 ㉖ 属：嘱咐。

翻译

蜀国在五代是窃据的伪政权，它以山川的险要为防卫，以物产的富庶自给自足，不与中原地区通车通船已有五十九年。宋承受老天的意志，统一中国，全国各地依次平定。宋太祖更改年号为乾德的第三年，终于平定了蜀国。从此以后，蜀地出产的丰富无比的丝麻织物，几乎遍布天下各地。而向朝廷输送粮饷和贡品，以及经商旅行的人们，陆地上乘车途经秦州、凤州，水路则乘船沿着长江前进，绵延万里，来往不绝。

岷江从发源地一路流来，汇合蜀地众多的流水，流出三峡就是荆江。水势倾泻倒折，回旋直射，水流凶猛怒号，激斗翻腾，遇到窄狭的地段就形成湍猛的急流，碰到岩石就变成险恶的漩涡。顺流而下的船只，顷刻之间便驶出数百里外，使人来不及瞥上一眼。稍微有一丝一毫的差错，便会撞上悬岩巨礁，将船撞得粉碎，漂散沉没，不见踪影。因此，凡是蜀地出产的可以充实皇宫府库、供应京师及转运各州的物品，都从陆路运出。其他不甚重要的多余之物，才从江上运输，好像抛弃了一样。岷江的凶险不测到了这个地步！夷陵作为一个州郡，位置正对着三峡出口处，江水流出三峡，才变成宽广平缓的水流。因此乘船的人来到这里，必定洒酒在地，再三叩拜，互相庆贺，以为是死而复生。

尚书虞部郎中朱公再次到峡州任知州的第三个月，在江边渡口建造至喜亭，作为乘船的人暂时憩息的地方，并且标志着天下最险要的地方到此才开始平坦，认为这是乘船下行的人欢喜庆幸的事。夷陵历来属下州，粮饷和薪俸都很少，而且地方又偏僻遥远，即使治理得法，政绩显著，也难博取声名，以助升迁。朱公能不嫌地方僻远而安然处之，他的善心又欢喜人们能够脱离忧患而进入安乐，这正是《诗经》所说的“恺悌君子”啊。自从朱公到郡以来，连年都获得丰收。随着百姓有盈余，然后才有兴作，造福于往来的商人行客。对来往行人提供住宿，对服役的人给予慰问。建亭不影响农时，人人都有依靠，这些都是值得大书一笔的。因此，凡是朱公的下属，都在一起商议，然后嘱咐我来写这篇记。

送田画秀才宁亲万州序

景祐四年(1037)作。田画，字文初，在从荆南(今湖北江陵)溯江西行往万州(今重庆万州)省亲时，舟经夷陵与欧阳修结识，临别欧公作此序相送。这类应酬文章，如不是相知很深的朋友，确实不易落笔，然而欧公却能以小见大，于无文章处作出好文章来。由于与田画系初交，了解不多，因而不正面写他，却从他祖上与蜀地山水的关系入手，写出祖孙两代所处时势和人生道路的变迁，透露出无限的沧桑之感。

五代之初，天下分为十三四，及建隆之际[①]，或灭或微，其在者犹七国[②]，而蜀与江南地最大。以周世宗之雄[③]，三至淮上[④]，不能举李氏[⑤]；而蜀亦恃险为阻，秦陇、山南皆被侵夺[⑥]，而荆人缩手归、峡[⑦]，不敢西窥以争故地[⑧]。及太祖受天命，用兵不过万人，举两国如一郡县吏[⑨]，何其伟欤！

当此时，文初之祖从诸将西平成都[⑩]，及南攻金陵，功最多，于时语名将者，称田氏。田氏功书史，官禄世于家[⑪]，至今而不绝，及天下已定，

将率无所用其武[12]，士君子争以文儒进[13]，故文初将家子，反衣白衣从乡进士举于有司[14]。彼此一时[15]，亦各遭其势而然也。

文初辞业通敏[16]，为人敦洁可喜[17]。岁之仲春[18]，自荆南西拜其亲于万州[19]，维舟夷陵[20]。予与之登高以远望，遂游东山，窥绿萝溪，坐磐石。文初爱之，数日乃去。

夷陵者，其地志云，北有夷山以为名，或曰巴陵之险至此，地始平夷。盖今文初所见，尚未为山川之胜者。由此而上，溯江湍[21]，入三峡[22]，险怪奇绝，乃可爱也。当王师伐蜀时[23]，兵出两道，一自凤州以入，一自归州以取忠、万以西[24]。今之所经，皆王师向所用武处，览其山川，可以慨然而赋矣。

---

① 建隆：宋太祖年号(960—963)。 ② 七国：五代时原有割据小国十余个，到建隆年间，尚剩南唐、后蜀、南汉、北汉、楚、吴越、南平七国。其中南唐据江淮，后蜀据四川，地面最大。 ③ 周世宗：五代时中原最后一个割据政权的君主。 ④ 三至淮上：周世宗三次征伐南唐，皆未成功。 ⑤ 举：攻取。李氏：南唐中主李璟。 ⑥ 秦陇：今陕西、甘肃一带。山南：今陕西、湖北、四川、甘肃接壤的地区，唐代

属山南道。 ⑦ 荆人：指南平。归：归州，州治在今湖北秭归。峡：峡州，州治在今湖北宜昌。 ⑧ 故地：指秦陇、山南原为南平所有，被蜀侵占后，南平不能收复。 ⑨ 举两国如一郡县吏：指宋太祖乾德三年(965)平蜀，开宝八年(975)平南唐，犹如撤换一名郡县长官一样容易。 ⑩ 文初之祖：指田钦祚，乾德二年平蜀时为北路先锋都监，乾德三年攻金陵时为升州西南路行营马军兼左厢战棹都监，《宋史》有传。 ⑪ 世于家：世代传于家。 ⑫ 将率：将帅。 ⑬ 进：进身，指入仕。 ⑭ 衣白衣：穿着平民的衣服。乡进士：州府选拔参加礼部进士考试的读书人。有司：指主考的礼部。 ⑮ 彼此一时：即"此一时，彼一时"，指前后时势不同。 ⑯ 辞业：谈吐，文章。 ⑰ 敦洁：指品行忠厚高洁。 ⑱ 岁之仲春：这年二月。 ⑲ 万州：今重庆万州。 ⑳ 维舟：系舟停泊。 ㉑ 溯：逆流而上。 ㉒ 三峡：瞿塘峡、巫峡、西陵峡合称三峡。 ㉓ 王师：指宋军。 ㉔ 忠：忠州，今重庆忠县。万：万州。

翻译

五代初期，天下分为十三四个小国。到宋太祖建隆年间，有的被消灭，有的自行衰败，保持政权的还有七国，其中蜀和南唐地盘最大。像周世宗那样的雄才，三次进军淮河流域，还不能攻取南唐的李氏政权。而后蜀也依仗山川的险要作为屏障，秦陇、山南一带地方都被它侵占夺取，荆人只好缩手躲在归州、峡州一带，不敢向西窥探，争夺失去的土地。直到宋太祖承受天命，只不过用了一万军队，就迅速攻占了蜀和南唐两国，就像撤换一个郡县的官吏一样容易，多么雄伟的气魄呵！

就在那个时候，文初的祖父跟随各个大将西去平定成都，后来又向南攻克金陵，立下的功劳最多，当时人们谈论名将，必定提到田氏。田氏专门致力于读书习史，官爵禄位也世代相传，至今没有断绝。及至天下已经平定，将帅没有用武之地，士人君子争着从文章儒学方面寻找做官的道路。所以文初虽是将门之子，反而像平民一样参加礼部的进士考试。“彼一时，此一时”，各自遭遇的时势不一样，出路也就不同了。

文初的文辞通畅敏捷，待人处世也敦厚廉洁，令人喜爱。今年二月间，他从荆南到西边的万州去拜望他的亲人，停船于夷陵。我与他登高望远，于是游览了东山，观赏了绿萝溪，一起坐在大石上谈天。文初十分喜爱这里的景色，逗留了数日才离去。

夷陵这个地方，据地方志记载，它的北面有夷山，所以取名夷陵，也有人说，巴蜀三峡的峻险，到了这个地方，才开始坦夷，所以叫夷陵。现在文初看到的，还不是山川最奇异的地方。由这里往上走，逆着湍急的江水进入三峡，两岸风光险怪奇绝，才是最可爱的。当年宋太祖的军队攻伐蜀国的时候，分兵两路，一路从凤州进入，一路从归州攻取忠州、万州以西。现在文初所经过的地方，都是宋朝军队当时屯兵打仗的地方。观览那里的山川形势，真可以令人思绪万千、赋诗抒慨呵！

与荆南乐秀才书

景祐四年(1037)作。乐秀才,荆南(今湖北江陵)人,其名不详。估计这是一位热衷功名的人物,所以才反反复复地求誉于欧阳修。欧阳修复信指出他面前的两条道路:一是顺时取誉以博取功名,一是卓然自立而违时受祸,虽未明言何者为是,但通过自己的切身经历,实际已指出时文不足以自立,委婉劝诫乐某要有所作为。

修顿首白秀才足下:前者舟行往来[1],屡辱见过[2],又辱以所业一编[3],先之启事[4],及门而贽[5]。田秀才西来[6],辱书;其后予家奴自府还县[7],比又辱书[8]。仆有罪之人,人所共弃,而足下见礼如此[9],何以当之?当之未暇答,宜遂绝[10],而再辱书;再而未答,益宜绝,而又辱之。何其勤之甚也!如修者,天下穷贱之人尔,安能使足下之切切如是邪[11]?盖足下力学好问,急于自为谋而然也[12]。然蒙索仆所为文字者,此似有所过听也[13]。

仆少从进士举于有司,学为诗赋,以备程

试[14]，凡三举而得第[15]。与士君子相识者多，故往往能道仆名字；而又以游从相爱之私[16]，或过称其文字。故使足下闻仆虚名，而欲见其所为者，由此也。

仆少孤贫，贪禄仕以养亲，不暇就师穷经[17]，以学圣人之遗业[18]。而涉猎书史[19]，姑随世俗作所谓时文者[20]，皆穿蠹经传[21]，移此俪彼[22]，以为浮薄，惟恐不悦于时人[23]，非有卓然自立之言如古人者[24]。然有司过采，屡以先多士[25]。及得第以来，自以前所为不足以称有司之举而当长者之知，始大改其为[26]，庶几有立[27]。然言出而罪至，学成而身辱[28]。为彼则获誉，为此则受祸，此明效也。

夫时文虽曰浮巧[29]，然其为功，亦不易也。仆天资不好而强为之[30]，故比时人之为者尤不工。然已足以取禄仕而窃名誉者，顺时故也[31]。先辈少年志盛[32]，方欲取荣誉于世，则莫若顺时。天圣中，天子下诏书，敕学者去浮华，其后风俗大变[33]。今时之士大夫所为，彬彬有两汉之风矣[34]。先辈往学之，非徒足以顺时取誉而已，如其至之，是直齐肩于两汉之士也[35]。若仆者，其前所为既不足学，其后所为慎不可学，是以徘徊不敢出其所为者，为此也。

在《易》之《困》曰："有言不信[36]。"谓夫人方困时，其言不为人所信也。今可谓困矣，安足为足下所取信哉！辱书既多且切，不敢不答。幸察。

---

① 前者：指欧阳修贬官夷陵舟经荆南停留时，乐某曾多次访问欧阳修，并投赠诗文。 ② 辱：谦词，承蒙。 ③ 所业：所为，所作。 ④ 先之启事：先以书信通报。 ⑤ 贽：进见的礼物。 ⑥ 田秀才：即田画。 ⑦ 府：指江陵府。 ⑧ 比：近。此处说乐某两次托人带信。 ⑨ 见礼：以礼相待。 ⑩ 绝：断绝书信。 ⑪ 切切：恳挚貌。《论语·子路》："朋友切切偲偲。" ⑫ 自为谋：为自己谋算。 ⑬ 过听：所闻超过实际，自谦之辞。下文"过称""过采"意同。 ⑭ 程试：按规程进行的科举考试。 ⑮ 三举：指天圣元年、四年、八年三次考试。 ⑯ 私：私交，私人感情。 ⑰ 穷经：精研经书。 ⑱ 遗业：流传下来的文化遗产。 ⑲ 涉猎：泛览。 ⑳ 时文：指当时科举考试所需的骈俪文字。 ㉑ 穿蠹：生吞活剥。 ㉒ 偭：配。 ㉓ 悦：取悦。 ㉔ 卓然自立：卓越而自成一家。 ㉕ 先多士：名列众人之先。指欧阳修天圣七年应国子监试、国学解试及次年礼部试皆名列第一。 ㉖ 大改其为：指放弃时文而致力古文。 ㉗ 庶几：也许，表示希望。 ㉘"然言出"二句：指欧阳修为范仲淹辩护而被贬事。 ㉙ 浮巧：浮华纤巧。 ㉚ 天资：天性。不好：不喜好。

㉛ 顺时：随顺时尚。 ㉜ 先辈：对应科举者的尊称，此指乐秀才。㉝“天圣中”四句：天圣，宋仁宗年号。天圣七年仁宗下诏戒除文弊，科举不取浮华雕饰的文字。 ㉞ 彬彬：文采与内容配合适当。《论语·雍也》：“质胜文则野，文胜质则史。文质彬彬，然后君子。”两汉：西汉和东汉。两汉是古文鼎盛的时期。 ㉟ 齐肩：并肩，并列。两汉之士：指司马迁、扬雄、班固等。 ㊱《易》之《困》：《易经》的《困》卦。“有言不信”是该卦的卦辞。

翻译

欧阳修叩首禀告秀才足下：前些时候，我乘船从江上往来，多次让你屈尊过访，又劳你以自己所作的诗文一编，并先以书信通报，作为登门访我的见面礼。田秀才从西边来，承蒙你寄信问候。后来，我家仆人从江陵府回夷陵县，又带来你的信。我是个获罪的人，大家都厌弃我，而你却如此以礼相待，我怎么担当得起！你来了信，我没有回复，本应便断绝往来，可是又劳你再次给我写信；再次来信又没有答复，就可以绝交了，可你还是来信。这是何等殷勤呵！像我这样的人，是天下最困穷低贱的人了，怎能使你恳切到这种程度呢？我想这是由于你勤学好问，急于为自己谋求进取吧？然而承蒙你索取我所作的诗文，这恐怕是你误听了有关我的言过其实的传闻了。

我年少的时候，决心从进士的途径被举荐于官府，因而学作诗赋，准备参加按规程举行的考试，共考了三次才中进士。因为各方面的士人君子与我相识的很多，所以往往能说出我的名字；又因为大家相从游学，私人交情很好，有的人便过分夸赞我的文章。使你听到我的虚名，便想看看我写的诗文，恐怕就是这个原因吧。

我年幼时，父亲死了，家里贫困，贪图利禄以供养亲人，没有时间跟随老师穷究经书，学习圣人留传下来的文化遗产。只是泛泛地读些书史，姑且追随时俗作些所谓“时文”，那都是在经传中穿凿剽窃，东拼西凑，造出些轻浮浅薄的文字。只担心不受时人的欢迎，并不能像古人那样，有卓越而自成一家的言论。然而官府误加采纳，多次列名在众人的前面。直到考中进士以来，自己认为以前所写的文章实在当不起官府的荐举和长辈的赏识，这才开始大力改变过去的文风，希望在文章学问上有所建树。然而文章一出便招来罪过，学问有成就了，自身却蒙受羞辱。写以前那样的时文会得到荣誉，写现在这种有独立见解的文章却遭受祸害，这是鲜明的效果。

时文虽说轻浮纤巧，但要写得好，也是不容易的。我天性不喜欢时文而勉强去写这种东西，因此，比同时人所写的更不好。然而已经足够用来谋取官位俸禄和窃取名誉了，这都是因为能顺应时俗的缘故。你现在正值少年气盛之时，正想在社会上博取荣誉，那么还不如顺应时俗为好。天圣年间，天子下了诏书，告诫学者要去掉浮华的文风，从那以后风气大变。现在士大夫中所写的文章，已文质彬彬，有两汉文章的风采了。你去向他们学习，不仅足以顺应时俗，博取荣誉，如果达到最佳境界，还能与两汉名家比肩呢。像我这样，以前所写的东西既不值得学习，以后所写的东西却又千万不能学，所以我迟疑着不敢拿出自己所写的文章，就是这个原因。

《易经》的《困》卦说："有言不信。"这是说，人在困境中，说的话也没有人相信。我现在可以说是处在困境中了，怎么能够为你取信呢！承蒙你多次来信，态度又是那样地恳切，不敢不予答复。请你明察。

答吴充秀才书

康定元年(1040)欧阳修在开封任馆阁校勘时作。吴充,建州浦城(今属福建)人,到京城参加进士考试,以文向欧阳修求教,欧作此信答复他。信中肯定吴充文章气势宏放的特点,但也含蓄指出“道”尚未足的问题,主张“文道统一”,“道胜则文不难而自至”,反对士大夫“弃百事不关于心”,“勤一世而尽心于文字间”的错误倾向。这在今天仍然是有现实意义的。欧阳修当时文名已大,而吴充却是年仅二十岁的青年,信中所表露的对文学青年循循善诱的气度,也令人感佩。

修顿首白先辈吴君足下:前辱示书及文三篇,发而读之,浩乎若千万言之多;及少定而视焉,才数百言尔[①]。非夫辞丰意雄,沛然有不可御之势[②],何以至此?然犹自患伈伈莫有开之使前者[③],此好学之谦言也[④]。

修材不足用于时,仕不足荣于世,其毁誉不足轻重,气力不足动人。世之欲假誉以为重,借力而后进者,奚取于修焉[⑤]?先辈学精文雄,其施

于时[6]，又非待修誉而为重[7]，力而后进者也[8]。然而惠然见临[9]，若有所责[10]，得非急于谋道，不择其人而问焉者欤？

夫学者未始不为道，而至者鲜焉[11]；非道之于人远也，学者有所溺焉尔[12]。盖文之为言，难工而可喜，易悦而自足，世之学者往往溺之。一有工焉，则曰："吾学足矣！"甚者至弃百事不关于心[13]，曰："吾文士也，职于文而已[14]。"此其所以至之鲜也。

昔孔子老而归鲁，六经之作，数年之顷尔。然读《易》者如无《春秋》，读《书》者如无《诗》[15]，何其用功少而至于至也[16]！圣人之文虽不可及，然大抵道胜者文不难而自至也[17]。故孟子皇皇不暇著书[18]，荀卿盖亦晚而有作[19]。若子云、仲淹[20]，方勉焉以模言语，此道未足而强言者也。后之惑者，徒见前世之文传，以为学者文而已，故愈力愈勤而愈不至。此足下所谓"终日不出于轩序[21]，不能纵横高下皆如意"者，道未足也。若道之充焉，虽行乎天地，入于渊泉[22]，无不之也[23]。

先辈之文浩乎沛然，可谓善矣。而又志于为

道，犹自以为未广，若不止焉，孟、荀可至而不难也。修学道而不至者，然幸不甘于所悦，而溺于所止。因吾子之能不自止，又以励修之少进焉㉔。幸甚幸甚！修白。

---

①“浩乎”三句：言吴充之文，文字精炼，而内涵丰富，气势极盛。浩乎：气势宏大貌。少定：稍微定神。 ②沛然：水流通畅的样子。《孟子·梁惠王上》：“由水之就下，沛然谁能御之？” ③“然犹”句：言忧虑没有导师引路。患：忧虑。伥伥：迷茫不知所措的样子。《礼记·仲尼燕居》：“譬犹瞽之无相与，伥伥乎其何之！”开之使前：开导他，使他向前。 ④谦言：谦虚的说法。 ⑤奚：何。 ⑥施：运用。 ⑦誉：延誉。 ⑧力：以力扶持。 ⑨惠然：柔顺、客气的样子。见临：见访。 ⑩责：求。 ⑪鲜（xiǎn）：少。 ⑫溺：沉迷。 ⑬百事：指国计民生之事。 ⑭职于文：以作文为专职。 ⑮“然读”二句：言六经立意文词皆能卓然自立，不互相承袭。语本李翱《答朱载言》：“创意造言，皆不相师。故其读《春秋》也，如未尝有《诗》也；其读《诗》也，如未尝有《易》也。” ⑯至于至：到了极点。 ⑰道胜：义理超拔。 ⑱皇皇，同“遑遑”，匆忙貌。《孟子》七篇为孟子弟子万章等记述孟子言行的书，故云。 ⑲荀卿：即荀子。他晚年退居兰陵，著《荀子》。 ⑳子云：西汉扬雄，字子云，曾作《太玄》《法言》，分别模拟《易》和《论语》。仲淹：隋代王通，字仲淹，曾模拟《论语》作《中说》。 ㉑轩序：指屋子。轩是窗，序是中堂

两旁的隔墙。㉒渊泉：深泉。㉓之：至，达。㉔励：激励。少：稍。

翻译

欧阳修叩头禀告吴君足下：不久前承你给我来信并寄来三篇文章，打开来看，浩浩荡荡好像有千万言之多，但定神一看，其实不过几百字而已。假如不是辞汇丰富，立意雄放，汪洋恣肆，有不可抵御的气势，怎么能达到这种境界呢？然而你还自虑不知所措，好像无人开导就不知如何向前，这是一个爱好学问的人的自谦之词。

我的才干不能为现时所用，官职不能够荣显于当世，称扬批评无关轻重，力量不足以推动别人。社会上希望借重别人的称誉来提高自己，借助别人的势力以求进取的人，我对他们有什么可取呢？你的学识精深，文章雄放，你为时所用，并不需要等待我的赞誉来提高地位，依靠我的力量才能得以进取。然而你却客气地来访我，像有所求，是不是急于求道，不选择对象便来请教呢？

做学问的人没有不为求道的，但达到的人太少了；这并不是道离人太远，而是学者往往沉迷不悟。文章这东西，难以写得精彩却可令自己喜欢，容易使自己高兴而自我满足。今世的学者往往沉溺在自己的文词中。一有精彩之处，便说："我的学问足够了！"甚至放弃一切世事，漠不关心，并说："我是个文人，专作文章而已。”这就是他们很少达到道的境界的原因。

以前，孔子年老回到鲁国，不几年功夫，便编纂整理出六经。然而我们今天读起《易经》好像没有一点《春秋》的痕迹，读《尚书》好像没有一点《诗经》的影响，他花的功夫多么少，而却达到了这样完美的境界！圣人的文章，我们虽然赶不上，然而大体说来，文章的内容充实了，文采是不难丰富起来的。所以孟子一生急急忙忙寻求治世的道理，没有时间著书立说，荀子也是到了晚年才有著述。像子云、仲淹那样，尽力去模仿前人的语言，这正是思想境界达不到却勉强去做文章。后世那些糊涂人，只看到前代的文章流传下来，便以为学者的职责就是写文章，因此在文词上愈用力，愈勤奋，愈达不到目的。这正如你信中所说的，“整天不走出厅堂庭院，作文时还不能上下左右都纵横如意”，这全是思想贫乏造成的。若是思想充实了，即使驰骋于天地之间，出入于深渊黄泉，也没有达不到的。

你的文章浩浩荡荡，气势充沛，可说是很好的了。现在又立志求道，还以为自己不够深广，若这样继续努力下去，达到孟子、荀子那样的水平并非难事。我是有心学道却达不到至高境界的人，幸而还没有醉心于写文章，沉溺于文词而停止前进。因为有了你的不自我满足的精神，又可以激励我稍有所进取了。幸甚幸甚！欧阳修禀白。

答祖择之书

康定元年(1040)作。祖无择，字择之，上蔡(今河南上蔡)人，少年时曾从穆修学为古文，现又不远数百里从上蔡写信向欧阳修请教。欧阳修感其从师的诚意，便就师道问题作了一通发挥。他针对当时师法渐坏的情况，强调学者一定要从师学习，其次是与朋友广泛讨论，如若不然，就要直接师经，这样才能学而有得，信笃守固，不畏不迁，果于任用，在为文时则能“充于中者实，中充实则发为文者辉光”。

修启[①]：秀才人至，蒙示书一通，并诗赋杂文两策，谕之曰[②]：“一览以为如何？”某既陋，不足以辱好学者之问；又其少贱而长穷[③]，其素所为[④]，未有足称以取信于人[⑤]。亦尝有人问者，以不足问之愚[⑥]，而未尝答人之问。足下卒然及之[⑦]，是以愧惧不知所言。虽然，不远数百里走使者以及门，意厚礼勤，何敢不报[⑧]。

某闻古之学者必严其师[⑨]，师严然后道尊，道尊然后笃敬[⑩]，笃敬然后能自守[⑪]，能自守然后果

于用[12]，果于用然后不畏而不迁[13]。三代之衰，学校废。至两汉，师道尚存，故其学者各守其经以自用[14]。是以汉之政理文章与其当时之事[15]，后世莫及者，其所从来深矣。后世师法渐坏[16]，而今世无师。则学者不尊严，故自轻其道。轻之则不能至，不至则不能笃信，信不笃则不知所守，守不固则有所畏而物可移。是故学者惟俯仰徇时[17]，以希禄利为急[18]，至于忘本趋末[19]，流而不返[20]。夫以不信不固之心，守不至之学，虽欲果于自用，莫知其所以用之之道，又况有禄利之诱，刑祸之惧以迁之哉！此足下所谓志古知道之士世所鲜[21]，而未有合者[22]，由此也。

足下所为文，用意甚高，卓然有不顾世俗之心，直欲自到于古人[23]。今世之人用心如足下者有几？是则乡曲之中能为足下之师者谓谁[24]？交游之间能发足下之议论者谓谁？学不师则守不一，议论不博则无所发明而究其深。足下之言高趣远[25]，甚善，然所守未一而议论未精，此其病也[26]。窃惟足下之交游能为足下称才誉美者不少[27]，今皆舍之，远而见及，乃知足下是欲求其不至[28]。此古君子之用心也，是以言之不敢隐。

夫世无师矣，学者当师经[29]，师经必先求其意[30]。意得则心定，心定则道纯，道纯则充于中者实[31]，中充实则发为文者辉光，施于世者果致[32]。三代、两汉之学，不过此也。足下患世未有合者，而不弃其愚，将某以为合[33]，故敢道此。未知足下之意合否？

---

① 启：陈述，禀告。 ② 策：同“册”。谕：晓谕，告诉。 ③ 穷：与达相对，指官场不得意。 ④ 素：平素，向来。 ⑤ 足称：值得称誉。 ⑥ 悃：悃衷，心事。 ⑦ 卒然：卒同“猝”，突然。 ⑧ 报：答复。 ⑨ 严其师：《礼记·学记》：“凡学之道，严师为难。”严：尊敬，敬重。 ⑩ 笃敬：深怀敬意。 ⑪ 守：坚守节操。 ⑫ 果于用：任事果断。 ⑬ 不畏：不畏刑祸。不迁：不易操守。 ⑭ 各守其经：两汉六经都有师传，如西汉田何传《易》，伏生传《书》，齐、鲁、韩、毛四家传《诗》等。 ⑮ 政理：政治。 ⑯ 坏：废弛。 ⑰ 俯仰徇时：随世俗而浮沉。徇：随顺。 ⑱ 希：贪求。 ⑲ 本：指道。末：指文。 ⑳ 流而不返：像水之趋下，不知回返。流：随顺流俗。 ㉑ 志古：立志师法古人。 ㉒ 合者：志同道合之人。 ㉓ 自到于古人：要求自己达到古人的标准。 ㉔ 乡曲：乡里。 ㉕ 趣：志趣。 ㉖ 病：缺陷。 ㉗ 窃惟：私下想，谦词。 ㉘ 求其不至：寻求文章未达到古人要求的原因。 ㉙ 师经：直接向经书学习。 ㉚ 求其意：探求经书的真意。 ㉛ 中：心中。 ㉜ 果致：实现预想

的效果。 ㉝ 将某以为合：把我当做同道、知己。

翻译

欧阳修禀告：秀才派的人已到，承蒙你托他带来书信一封和诗赋两册，告诉我说："看一看，写得怎么样？"我自己既孤陋寡闻，不值得爱好学问的人的下问，又因为少年时贫贱，成年后道路坎坷，向来的所作所为没有值得称道而获得人们信赖的地方。也曾经有人向我请教，因为有了不值得人问的想法，从来没有给予答复。足下突然之间寄来书信，因此惶愧畏惧不知道说什么好。尽管这样，你不远数百里派人亲自找上门来，情意深厚，礼节殷勤，怎敢不作答复。

我听说，古代学者必先敬重老师，敬重老师，他传授的学问道理才受尊崇；学问道理受到尊崇，学习的人才会深怀敬意；深怀敬意，才会坚守不移；坚守不移，才能敢于施行；敢于施行，才无所畏惧而不改变操守。当夏商周三代逐渐衰落的时候，学校也废弃了。到了两汉，尊师之道还能够保存，因此当时学者还能坚守老师传授的经学来供自己运用。因此，汉代的政治、文章及当时的各种措施，后世没有能比得上的，它的原因是很深远的。后世尊师的风气逐渐败坏，现在可说没有老师了。学者不尊重老师，所以往往自己轻视自己所学的道。轻视所学的道，就不能达到最高的境界；达不到最高境界，就不能深信不疑；不能深信不疑，就不知道有所坚守；所守不稳固，就容易有所畏惧，为外物所动摇。因为这样，做学问的人只好随波逐流，追随时俗，把追求利禄作为当务之急，以至于忘本逐末，像水之趋下而不知回头。以不坚定的信仰，不稳固的心志，抱着并未透彻了解的所谓学问，即使敢于有所作为，也不知道通过什么途径去行动，何况还有利禄的引诱，刑罚的威胁在动摇他的意志呢？这就是你所说的立志效法古人、并懂得道的读书人现在太少，没有志同道合的朋友，原因就在于此。

你写的文章，用意很高，卓然独立而不顾世俗的成见，简直要径直达到古人的高度。现在的人像你这样用心的能有几个？那么乡下的人能做你的老师的有谁呢？交往的朋友中能引发你的议论的又有谁呢？做学问没有老师，所坚持的见解就不专一，议论不广博，就无所发现和阐明，达到一定的深度。你的言论高雅，志趣远大，很好，但是见解还不专一，议论还未精辟，这是你的不足。私下想，你的朋友中能为你称扬赞誉的人一定不少，现在你不找他们，远道找到我，可见你一定是要寻求自己不足的地方。这是古代君子的用心，所以我便直说而不敢隐瞒。

既然社会上没有老师，做学问的人就应该直接学习经书。学习经书首先要探求它的真意，领会了它的真意，自己的心才会踏实坚定；心里踏实坚定，所追求的学问道理就能粹纯专一；学问道理粹纯专一，那么心胸就会充实，心胸充实写成文章就能光彩绚烂，运用于社会就能达到预想的效果。夏商周三代以及两汉的学术，也不过如此。你忧虑社会上没有志同道合的人，而不嫌弃我的愚笨，把我当作同道，所以才敢说这些。未知合你的心意否？

纵囚论

康定元年(1040)作。《旧唐书·太宗纪》载:唐太宗于贞观六年放出囚犯,约定明年秋末归而就刑。到期皆至,下诏全部赦免。这常常为人称道,作者却运用归谬法,层层揭出此事的荒谬不合事理之处,最后提出自己的见解:一切政治措施都必须符合人情,不可"立异以为高,逆情以干誉"。文章短小精悍,而批驳周详有力。

信义行于君子,而刑戮施于小人①。刑入于死者②,乃罪大恶极,此又小人之尤甚者也③。宁以义死,不苟幸生④,而视死如归,此又君子之尤难者也⑤。方唐太宗之六年⑥,录大辟囚三百余人⑦,纵使还家⑧,约其自归以就死⑨。是以君子之难能⑩,期小人之尤者为必能也⑪。其囚及期而卒归无后者⑫,是君子之所难,而小人之所易也。此岂近于人情?

或曰:"罪大恶极诚小人矣⑬,及施恩德以临之⑭,可使变而为君子,盖恩德入人之深而移人之速⑮,有如是者矣。"曰:"太宗之为此,所以求

此名也[16]。然安知夫纵之去也，不意其必来以冀免，所以纵之乎[17]？又安知夫被纵而去也，不意其自归而必获免，所以复来乎[18]？夫意其必来而纵之，是上贼下之情也[19]；意其必免而复来，是下贼上之心也。吾见上下交相贼以成此名也，乌有所谓施恩德与夫知信义者哉[20]！不然，太宗施德于天下，于兹六年矣[21]，不能使小人不为极恶大罪，而一日之恩能使视死如归以存信义，此又不通之论也。”

“然则何为而可？”曰：“纵而来归，杀之无赦；而又纵之，而又来，则可知为恩德之致尔。然此必无之事也。若夫纵而来归而赦之，可偶一为之尔。若屡为之，则杀人者皆不死，是可为天下之常法乎[22]？不可为常者，其圣人之法乎？是以尧、舜、三王之治[23]，必本于人情[24]，不立异以为高，不逆情以干誉[25]。”

---

① 刑戮：刑罚杀戮。 ② 刑入于死者：刑罚达到判死刑的。 ③ 尤甚：更坏。 ④ 苟幸：苟且侥幸。 ⑤ 难：难以做到。 ⑥ 唐太宗之六年：即贞观六年（632）。 ⑦ 录：登记，统计。大辟：死刑。 ⑧ 纵：放出。 ⑨ 就死：接受死刑。 ⑩ 难能：难以做到。

⑪ 期：期待。 ⑫ 及期：到期。卒：终于。 ⑬ 诚：确实。 ⑭ 临：降临。“施恩德以临之”，即在他们身上施恩德。 ⑮ 移人：改变人。 ⑯ 此名：施行恩德的好名声。 ⑰“然安知”三句：推论唐太宗放罪犯出去，是估计到罪犯一定会回来以图得到赦免。意：预料，估计。冀：希图。 ⑱“又安知”三句：推论囚犯们估计到自动回来一定会获得赦免。 ⑲ 贼：这里是窃料、窥探的意思。 ⑳ 乌有：哪有。 ㉑ 于兹：到今，指贞观六年。 ㉒ 常法：固定不变之法。 ㉓ 三王：指夏禹、商汤、周文王。 ㉔ 本：根据。 ㉕ 逆情：违反人之常情。干誉：邀取名誉。干：求。

翻译

对君子要讲信义，而刑杀则用来对付小人。刑罚达到要判死刑的，那是罪大恶极，这又是小人中尤其凶恶的。宁愿为信义而死，不肯苟且偷生，而视死如归，这又是君子也更难做到的。当唐太宗贞观六年，登记死刑犯三百多人，放他们回家，约定到期自动回来接受死刑。这是拿君子也难以做到的事，来期望最凶恶的小人必定能做到。那些囚犯到期果然自动回来，没有一个后到的，这便是君子难以做到的事，小人却轻易做到了。这难道近于人情吗？

有人说：“罪大恶极的当然是小人，但对他们施行恩德，可使他们变为君子。恩德深入人心，改变人之快，是有这种情况的。”我说：“唐太宗这样做，正是用以博取施行恩德的声名。然而，怎么知道唐太宗放他们出去时，不是预计到他们必定回来以图得到赦免，所以才放他们出去呢？又怎么知道囚犯们放出去后，不是预计到自动归来必定会获得赦免，所以才重新回来呢？预料他们必定回来这才放出去，是皇上窥测囚犯的感情；预料到必定赦免才重又回来，是囚犯在窥测皇上的心意。我只看到上下互相窥测对方，而成全了这一虚名，哪里有什么施恩德和知信义呢？要不是这样的话，那么唐太宗在全国施行仁政，到当时已六年了，不能使小人不犯极恶大罪，而一日的恩惠却能使他们为了保存信义而视死如归，这是说不通的。”

“既然这样，那么怎样做才算对呢？”我说：“第一批放出去又回来的，一律杀掉，不加赦免；再放一批出去，而又回来，就可以说是施行恩德的结果了。然而这是一定不会有的事。像这样放出去又回来便赦免他们，只可以偶尔做一次罢了，如果屡次这样做，那么杀人的人都不用偿命，怎么可以作为天下的常法呢？不可以经常这样做的，难道能算圣人之法吗？因此，唐尧、虞舜、夏禹、商汤、周文王治天下，必定根据人之常情，不标新立异以显示自己的高明，也不会违背人之常情去邀取个人的名誉。”

答李诩第二书

庆历年间作。李诩，至和二年官秘书丞。这是欧阳修集中论述人性问题的一篇著名书简。对于先天的性善性恶之说，历来争论不休，欧阳修认为这是“执后儒之偏说，事无用之空言”，强调应该通过后天的“修身治人”，使人性“去恶就善”。这种观点有唯物倾向。当时北宋理学正在形成，空谈性理成风，本文有如当头一棒。其缺点是满足于调和各家之说，未能从哲学高度批驳先验的人性论，因而未能形成自己独立的理论。

修白：前辱示书及《性诠》三篇[①]，见吾子好学善辩，而文能尽其意之详。今世之言性者多矣，有所不及也，故思与吾子卒其说[②]。

修患世之学者多言性，故常为说曰：夫性，非学者之所急，而圣人之所罕言也。《易》六十四卦不言性，其言者，动静得失吉凶之常理也[③]；《春秋》二百四十二年不言性，其言者，善恶是非之实录也[④]；《诗》三百五篇不言性，其言者，政教兴衰之美刺也[⑤]；《书》五十九篇不言性，其言

者，尧舜三代之治乱也[6]；《礼》《乐》之书虽不完，而杂出于诸儒之记，然其大要，治国修身之法也[7]。六经之所载，皆人事之切于世者，是以言之甚详。至于性也，百不一二言之，或因言而及焉，非为性而言也，故虽言而不究[8]。

予之所谓不言者，非谓绝而无言，盖其言者鲜，而又不主于性而言也。《论语》所载七十二子之问于孔子者[9]，问孝、问忠、问仁义、问礼乐、问修身、问为政、问朋友、问鬼神者有矣，未尝有问性者。孔子之告其弟子之者，凡数千言，其及于性者，一言而已[10]。予故曰：非学者之所急，而圣人之罕言也。

《书》曰“习与性成”[11]，《语》曰“性相近，习相远”者[12]，戒人慎所习而言也。《中庸》曰“天命之谓性，率性之谓道”者[13]，明性无常[14]，必有以率之也。《乐记》亦曰“感物而动，性之欲”者[15]，明物之感人无不至也。然终不言性果善果恶，但戒人慎所习与所感，而勤其所以率之者尔。予故曰：因言以及之，而不究也。

修少好学，知学之难，凡所谓六经之所载，七十二子之所问者，学之终身，有不能达者矣[16]；于其所达，行之终身，有不能至者矣[17]。以予之汲汲于此而不暇乎其他[18]，因以知七十二子亦以是汲汲而不暇也。又以知圣人所以教人垂世[19]，亦皇皇而不暇也[20]。今之学者，于古圣贤所皇皇汲汲者，学之行之，或未至其一二，而好为性说，以穷圣贤之所罕言而不究者，执后儒之偏说[21]，事无用之空言，此予之所不暇也。

或有问曰："性果不足学乎？"予曰：性者，与身俱生而人之所皆有也。为君子者，修身治人而已，性之善恶不必究也。使性果善邪，身不可以不修，人不可以不治；使性果恶邪，身不可以不修，人不可以不治。不修其身，虽君子而为小人，《书》曰"惟圣罔念作狂"是也[22]。能修其身，虽小人而为君子，《书》曰"惟狂克念作圣"是也[23]。治道备，人斯为善矣，《书》曰"黎民于变时雍"是也[24]；治道失，人斯为恶矣，《书》曰"殷顽民"[25]，又曰"旧染污俗"是也[26]。故为君子者，以修身治人为急，而不穷性以为言。夫七十二子之不问，六经之不主言[27]，或虽言而不究，岂略之哉？盖有意也。

或又问曰："然则三子言性[28]，过欤？"曰：

不过也。“其不同何也？”曰：始异而终同也。使孟子曰人性善矣，遂怠而不教[29]，则是过也；使荀子曰人性恶矣，遂弃而不教[30]，则是过也；使扬子曰人性混矣，遂肆而不教[31]，则是过也。然三子者，或身奔走诸侯以行其道，或著书累千万言以告于后世，未尝不区区以仁义礼乐为急[32]。盖其意以谓善者一日不教，则失而入于恶；恶者勤而教之，则可使至于善；混者驱而率之[33]，则可使去恶就善也。其说与《书》之“习与性成”，《语》之“性近习远”，《中庸》之“有以率之”，《乐记》之“慎物所感”皆合。夫三子者，推其言则殊[34]，察其用心则一，故予以为推其言不过始异而终同也。凡论三子者，以予言而一之，则诡诡可以息矣[35]。

予之所说如此，吾子其择焉。

---

①《性诠》三篇：李翊所著论人性的文章。 ② 卒其说：把这个问题说透说尽。 ③“《易》六十”三句：《易》，即《周易》，是记载古代占卜的书，共分六十四卦，每卦根据爻的变化，推算得失吉凶。 ④“《春秋》”三句：《春秋》，传为孔子所编纂的史书，记事始自鲁隐公元年（前722），终于鲁哀公十六年（前479），共二百四十二年，着重褒贬人

物。 ⑤“《诗》”三句:《诗》即《诗经》,共收诗三百零五篇,分风、雅、颂三部分,其中多赞美讽刺时政之作。 ⑥“《书》”三句:《书》即《尚书》,是我国最早的一部历史文件汇编,主要是夏、商、周几代统治者的诏诰命令。今存五十八篇。 ⑦“《礼》《乐》”四句:《礼》有《周礼》《仪礼》《礼记》三种,《乐》已失传,仅于《礼记》中存《乐记》一篇。《礼记·大学》中有治国齐家修身的说法。 ⑧不究:不深究,不寻根究底。 ⑨七十二子:传说孔子以诗书礼乐教学生,有三千弟子,七十二贤人。七十二子即指七十二贤人。 ⑩一言:指《论语·阳货》“性相近也”一句。 ⑪习与性成:语见《尚书·大甲上》。孔颖达注:“言习行不义,将成其性。”意即习惯于做不义之事,就会不义成性。 ⑫性相近,习相远:言先天人性本相近,但后天言行习惯却相差很远。 ⑬天命:天所赋予的。率性:引导性。 ⑭无常:不是固定不变的。 ⑮感物而动,性之欲:语见《礼记·乐记》:“人生而静,天之性也。感于物而动,性之欲也。”大意是说,人初生未有情欲,其静出于自然,这是天性;为外物所感则动,这是人性中的欲望。 ⑯达:通达,通晓。 ⑰至:做到。 ⑱汲汲:专心致志。 ⑲垂世:流传后世。 ⑳皇皇:同“遑遑”,急迫貌。 ㉑后儒:指下文所言孟子、荀子、扬子等。偏说:偏颇之论。 ㉒惟圣罔念作狂:此句及下句均见《尚书·多方》。大意是圣人若无行善之念,则为狂人。罔:无。 ㉓惟狂克念作圣:狂人能有行善之念也可成为圣人。克:能够。 ㉔黎民于变时雍:见《尚书·尧典》。黎民:百姓。时:善良。雍:和乐。 ㉕殷顽民:见《尚书·多士》:“成周既成,迁殷顽民。” ㉖旧染污俗:见《尚书·胤征》。 ㉗不主言:即上文“不主于性而言”,意为不专门为性而言。 ㉘三子:指孟子、荀子、扬雄。

孟子主张性善，荀子主张性恶，扬雄主张性善恶相混。 ㉙ 怠：怠惰，松懈。 ㉚ 弃：放弃。 ㉛ 肆：放任。 ㉜ 区区：真诚，专注。 ㉝ 驱而率之：督促并加以引导。 ㉞ 推：见《与高司谏书》注。殊：不同。 ㉟ 哓哓(náo)：争论声。

翻译

欧阳修禀告：上次承蒙你寄信一封和《性铨》三篇，发现你好学善辩，文章也能详尽地表达出你的意思。现在社会上讨论人性的人很多，有赶不到你的地方，因此想和你彻底把它弄明白。

我担心社会上的学者过多地讨论人性问题，因此常常作出这样的论断：人性问题并不是今天学者的当务之急，而古代圣人也是很少提到的。《易经》六十四卦不谈人性，它所谈的是动静得失吉凶的一般道理。《春秋》记载二百四十二年的史实，也不谈人性问题，它所写的，是善恶是非的如实记录。《诗经》共有三百零五篇，也不谈人性问题，它所说的，是对政治教化、国家兴衰的赞颂与讽刺。《尚书》五十九篇也不谈人性，它所谈的，是尧、舜与夏、商、周三个历史朝代的治乱兴亡。《礼记》《乐记》等书，虽不完整，只是散见于各种儒家的记述，然而总起来看，它们的主要内容还是如何治理国家和加强自身的道德修养。以上六经所记载的，都是现实生活中与社会人生密切相关的问题，所以记述得很详细。至于人性问题，论及的不到百分之一二，或者只是谈论其他问题而有所涉及，因此即使谈到也不作过多的探究。

我所说的不谈人性，并不是说绝对不谈，只是说谈得很少，而且不以人性作为议论的主题。《论语》记载七十二弟子向孔子请教，问孝、问忠、问仁义、问礼乐、问修身、问为政、问朋友、问鬼神等等都有，没有人问过人性问题。孔子教育他的弟子的话，有几千字之多，其中讲到人性的，只有一句。所以我说，谈论人性并不是学者的当务之急，圣人也很少谈起人性。

《尚书》说“一个人的行为习惯与他个人的性情是相辅相成的”，《论语》说“人先天的人性大体相近，后天的行为习惯却相去很远”，这是为了告诫人们谨慎对待自己的积习而说的。《中庸》说“天所赋予的叫做性，引导性叫做道”，这是说明人没有固定不变的性，一定要有道来引导它。《乐记》也说“感受外物而动，这是人性中的欲望”，这说明外物的感人是无所不至的。然而始终没有讲性到底是善还是恶的问题，只是劝告人们谨慎对待所习和所感，而在引导人性发展的道上下功夫。因此我说：圣人讲到人性只是顺便提及，没有作过多的探究。

我自小好学，知道学问的艰难。凡是六经所记载的，孔子七十二弟子所问到的，学习一辈子，也有不能透彻领悟的地方。对于那些能够理解的，终生身体力行，但也有不能完全做到的地方。从我的一心专注于圣贤学问而没有闲暇顾及其他事情，可以想到孔子的七十二弟子也一定是专注于学问而不暇顾及其他事情。又因此知道圣人为了教导世人、留名后世，也是这样急急忙忙而没有闲暇。现在的学者，对于古代圣贤急急忙忙、专心致志追求的，学习它，实践它，或未达到其中的十分之一二，却喜欢发人性的议论，想彻底弄清圣贤很少提到、并未深究的问题，抓住后世儒家学者的偏颇之说，从事毫无用处的空洞说教，我是没有空闲时间顾及这些的。

或者有人会问："那么，人性的学问果真不值得学习吗?"我说：人性这东西，是与人的肉体同时诞生，每个人都具有的。作为君子，只要加强自身修养，尽心治理百姓就可以了，人性的善恶，是不必深究的。假如人性果真是善的，自身不可不进行道德修养，百姓不可不加以治理管束；假如人性果真是恶的，自身也不可不进行道德修养，百姓也不可不加以治理管束。不讲道德修养，即使君子也会变为小人，《尚书》里说"圣人若无行善之念，也会变成狂愚的人"，说的就是这事。能加强自身修养，即使小人也会变成君子，《尚书》里说"狂愚的人能有行善之念，也会变成圣人"，就是指此而言。治理天下的办法完备，人们就会行善，《尚书》里说"老百姓都变得善良和乐"，就是指这种情况。治理天下的办法失误，人们就会作恶，《尚书》说的"殷代顽民"，又说"过去沾染了污秽的风俗"，就是说乱世使人不善。因此，作为君子，应以加强自身道德修养，尽心治理百姓为当务之急，不必去深究人性而大发议论。孔门七十二弟子不曾问过，六经中不作专门论述，或者即使提到但也不作过多探究，这难道是一时忽略了吗？是有意这样做的。

又有人问："既然这样，那么孟子、荀子、扬雄三人所谈的人性，是错误的吗?”回答是：并没有错。又问：“他们三人观点不同，为什么呢?”答：他们的观点开始不相同，但结果是一致的。假如孟子说人性是善的，便因此懒得去进行教育，那便错了。假如荀子说人性是恶的，便因此放弃教育，那也是错误的。又假如扬雄说人性中善与恶混合在一起，便让他们放任自流不加教育，那也是错误的。然而这三位学者，或者亲身奔走于各诸侯之间，以推行他们的政治主张；或者撰写成千上万字的著作来传于后世，没有一个不是诚心诚意地以推行仁义礼乐为首要任务。这是因为他们都意识到，性善的人一天不加教育，就会迷失方向，加入恶人行列；性恶的人勤加教育，就可使他达到善；善恶混合的人加以引导督促，就会使他们远离恶而接近善。他们的学说与《尚书》的“行为习惯与人的性情相辅相成”，《论语》的“性情相近而行为习惯相差很远”，《中庸》所说的“引导有方”，《乐记》所说的“谨慎对待外物的感染”，都是相合的。这三个人，推究他们的说法则有不同，但细察他们的用意则是一致的，因此我认为推究起来他们的理论是开始不相同而结果相同。凡是研究这三个人的学说，若以我的说法去加以统一，那么哓哓不休的争论就可以停息了。

我的看法就是这样，供你参考吧。

为君难论上

庆历二年(1042)作。欧阳修为了给“庆历新政”作舆论准备,撰写《为君难论》上下篇,分别论述皇帝如何用人、听言问题。上篇在论述皇帝用人问题时,先提出论点:用之必专,信之必笃,但又不能力拒群议,专信一人,重要的是要以民从、民便为标准。然后以正反各两个典型事例来证明自己的论点。说理透辟,逻辑严密,条理畅达,语言平易,没有一般政论文的艰涩滞重之感。

语曰为君难者[①],孰难哉[②]? 盖莫难于用人。夫用人之术,任之必专,信之必笃[③],然后能尽其材,而可共成事。及其失也,任之欲专,则不复谋于人而拒绝群议,是欲尽一人之用,而先失众人之心也;信之欲笃,则一切不疑而果于必行,是不审事之可否、不计功之成败也。夫违众举事,又不审计而轻发,其百举百失而及于祸败,此理之宜然也。然亦有幸而成功者。人情成是而败非[④],则又从而赞之:以其违众为独见之明,以其

拒谏为不惑群论，以其偏信而轻发为决于能断。使后世人君，慕此三者以自期，至其信用一失而及于祸败，则虽悔而不可及。此甚可叹也！

前世为人君者，力拒群议，专信一人，而不能早悟，以及于祸败者多矣。不可以遍举，请试举其一二。

昔秦苻坚地大兵强⑤，有众九十六万，号称百万，蔑视东晋，指为一隅，谓可直以气吞之耳。然而举国之人皆言晋不可伐，更进互说者不可胜数⑥；其所陈天时人事，坚随以强辩折之⑦，忠言谠论皆沮屈而去⑧。如王猛、苻融老成之言也⑨，不听；太子宏、少子诜至亲之言也，不听；沙门道安⑩，坚平生所信重者也，数为之言，不听。惟听信一将军慕容垂者⑪。垂之言曰："陛下内断神谋足矣，不烦广访朝臣，以乱圣虑。"坚大喜曰："与吾共定天下者，惟卿尔。"于是决意不疑，遂大举南伐。兵至寿春⑫，晋以数千人击之，大败而归，比至洛阳，九十六万兵亡其八十六万。坚自此兵威沮丧，不能复振，遂至于乱亡。

近五代时，后唐清泰帝患晋祖之镇太原也⑬，地近契丹，恃兵跋扈，议欲徙之于郓州。举朝之士皆谏，以为未可。帝意必欲徙之，夜召常所与谋枢密直学士薛文遇问之，以决可否。文遇对曰：“臣闻作舍道边，三年不成[14]。此事断在陛下，何必更问群臣？”帝大喜曰：“术者言我今年当得一贤佐[15]，助我中兴，卿其是乎！”即时命学士草制[16]，徙晋祖于郓州。明日宣麻[17]，在廷之臣皆失色。后六日而晋祖反书至，清泰帝忧惧不知所为，谓李崧曰：“我适见薛文遇，为之肉颤，欲自抽刀刺之。”崧对曰：“事已至此，悔无及矣。”但君臣相顾涕泣而已。

由是言之，能力拒群议，专信一人，莫如二君之果也[18]；由之以致祸败乱亡，亦莫如二君之酷也[19]。方苻坚欲与慕容垂共定天下，清泰帝以薛文遇为贤佐，助我中兴，可谓临乱之君，各贤其臣者也。

或有诘予曰[20]：“然则用人者不可专信乎？”应之曰：齐桓公之用管仲[21]，蜀先主之用诸葛亮[22]，可谓专而信矣，不闻举齐、蜀之臣民非之也[23]。盖其令出而举国之臣民从[24]，事行而举国之臣民便[25]，故桓公、先主得以专任而不贰也。使令出而两国之人不从，事行而两国之人不便，则

彼二君者其肯专任而信之，以失众心而敛国怨乎㉖！

---

① 语曰：俗话说。 ② 孰：何，什么。 ③ 笃：深。 ④ 成是而败非：以成为是，以败为非，意同“胜者为王败者为贼”。 ⑤ 秦苻坚：苻坚，字永固，略阳临渭（今甘肃天水）人，氐族，为前秦国王，357—385 年在位。建元十九年（383）听信慕容垂之言，不顾众人劝阻，发兵攻晋，在淝水之战中大败而归，终致灭亡。 ⑥ 更进互说者：再次进言、交互劝阻的人。 ⑦ 折：压服。 ⑧ 谠（dǎng）论：正直的言论。沮屈：委屈泄气。 ⑨ 王猛：苻坚谋臣，著名政治家。苻融：苻坚之弟，官中军将军。 ⑩ 沙门：僧徒。道安：前秦高僧，魏氏子，苻坚取襄阳，迁居长安五重寺。 ⑪ 慕容垂：字道明，鲜卑人，本为前燕将领，后投苻坚，力劝苻坚攻晋。淝水之战后，他建立后燕政权，自称皇帝。 ⑫ 寿春：今安徽寿县。 ⑬ 清泰帝：即李从珂，唐明宗养子，杀明宗子从厚后继位，年号清泰。晋祖：指石敬瑭，当时以河东节度使驻太原，实力最强，受清泰帝猜忌，被徙为天平节度使，改驻郓州（今山东郓城），石敬瑭遂起兵反，建立后晋。 ⑭“臣闻”二句：语本《诗·小雅·小旻》。意为在路边盖房，路人七嘴八舌，难于成功。 ⑮ 术者：占卜一类人。 ⑯ 草制：起草诏书。 ⑰ 宣麻：宣读用黄白麻纸书写的诏书。 ⑱ 果：果决。 ⑲ 酷：酷烈。 ⑳ 诘：反问。这是为了引出深一层议论而用的设问法。 ㉑ 齐桓公：春秋时齐国君主小白，他任用管仲为相，成为春秋五霸之一。 ㉒ 蜀先主：三国时蜀汉君主刘备，他信用诸葛亮，蜀国才得以建立。

㉓ 举：全，所有。 ㉔ 从：服从。 ㉕ 便：称便。 ㉖ 敛国怨：招致人民对朝廷的怨恨。

翻译

人们常说当一个国君很难，难在什么地方呢？大概最难的莫过于用人了。

用人的艺术在于，任用必须专一，信任必须深厚，这样才能发挥他的才干，可以同他共同成就大事。到了信任失当时，想专一地任用某个人，便不再同其他人商议问题，拒绝接受群臣的建议，这是要发挥一个人的作用，却先失去众人的拥护；对某个人深信不疑，便一切事情都毫不怀疑，果断到必须这样做不可，这是不细究事情能否行得通，不考虑结果是成功还是失败。违背众人的意愿行事，又不事先审察计议便轻举妄动，每一举动都失误，最后导致祸乱败亡，这是理所当然的。然而也有侥幸成功的。人之常情总是认为成功的就对，失败的就错，对侥幸成功的人又跟着称赞他，把他违背众人意愿当作是有独见之明，把他拒绝接受别人的意见当作是不受各种议论的迷惑；把他偏听偏信、轻举妄动当作敢于决断。假使后代的国君，敬慕以上三种情况，并期望自己也能这样，到了他的信笃用专一失误而招致祸乱败亡，那么即使后悔也来不及了。这是很可悲叹的事啊！

前代国君，由于极力排斥群臣的议论，专门信用一人，而不能及早醒悟，最后导致祸乱败亡的事例够多的了。不可能一一枚举，试举出其中一两件说说。

前秦君主苻坚，地盘广大，兵马强壮，拥有军队九十六万，号称百万，蔑视南方的东晋政权，看作是局促一隅的小朝廷，认为简直一口气就可以把它吞下。然而前秦全国的人都说不能攻打东晋，多次进言、交互劝阻的人不可胜数。大家所陈述的天时人事等理由，苻坚随即以强辩把对方压倒，使持忠诚正直言论的臣属都委屈丧气地离去。如王猛、苻融等老成持重的话，他不听；太子苻宏、少子苻诜等至亲骨肉的话，也不听；佛门高僧道安，是苻坚平生信任爱重的人，多次劝说他，也不听。只听信一位叫慕容垂的将军。慕容垂说："陛下心中决断，运用你超凡的智谋就足够了，用不着广泛访求朝臣的意见，来扰乱你的思路。"苻坚听了他的话，大为高兴，说："与我共同平定天下的，唯有你了。"于是下决心不再犹豫，就大举进攻讨伐南方的东晋。军队到了寿春，东晋仅以数千人的军队迎击，苻坚便大败而归，及回到洛阳，九十六万军队损失了八十六万。苻坚从此军威丧失，不能再次振作起来，最后终于败乱灭亡。

近世五代时期，后唐清泰帝担心晋高祖石敬瑭镇守太原，地方靠近契丹，经常依仗兵力飞扬跋扈，商议要把他调到郓州。整个朝廷的士大夫纷纷进谏，认为不能这样做。清泰帝打定主意，一定要将他调走，连夜召见经常与他商议事情的枢密直学士薛文遇，问他的意见，以便决定是否可行。文遇回答说："臣听说过，在路边盖房子，三年也盖不成。此事全在你自己拿主意，何必再问群臣?”清泰帝大为高兴，说:“方术之士说我今年该得到一位贤良的辅佐，帮助我建立中兴大业，你是这个人吧!”马上命令学士起草诏书，将晋高祖调到郓州。第二天早晨宣读诏书时，满朝廷大臣都大惊失色。六天后晋高祖反叛的文书到了，清泰帝忧愁恐惧，不知所措，对李崧说:“我刚才碰见薛文遇，气得浑身打颤，真想拔刀杀死他。”李崧回答说:“事情已到这个地步，后悔也来不及了。”只是君臣相对流泪罢了。

由此看来，能够极力排斥群臣议论，专门宠幸某一个人，没有像这两位国君这样说到做到的了;由此导致祸乱败亡，也没有比这两位国君更惨烈的了。正当苻坚希望与慕容垂共定天下，清泰帝把薛文遇当作贤良辅佐，要他协助中兴的时候，可以说面临祸乱的国君，都各自把心目中的人视为贤臣。

或者有人会责问我:“既然这样，那么用人的人就不应该专诚信任某一个人了吗?”回答是:当年齐桓公任用管仲，蜀先主任用诸葛亮，可以说得上是专心一意而深信不疑了，没听说齐、蜀两国的所有臣民有非议的。这是因为他们颁布的法令，全国臣民都乐于服从，施行的政事，全国臣民都称便，因此桓公、先主能专意任用而没有二心。假如他们颁布的法令，两国的人都不愿意服从，施行的政事，两国的人都说不便，那么两国的国君怎么肯专意任用，深信不疑，从而失去众人的拥护，招来对国家的怨恨呢?

释秘演诗集序

庆历二年(1042)作。欧阳修不信佛,却喜与和尚交朋友,主要是看重他们的气节和才华,同情他们“无所用其能”的遭遇。他为怀才不遇而隐于佛的秘演的诗集作序,也是出于同样的心情。序文对秘演的诗着墨不多,却着重写他同亡友石曼卿及自己的交往过程,处处以“奇男子”曼卿来衬托秘演的形象,突出他的奇气和牢骚,同时也寄托了作者的盛衰之感。茅坤评此文说:“多慷慨呜咽之音,命意最旷而逸。”(《古文辞类纂》卷八)张裕钊也说:“《秘演集序》直起直落,直转直接,具无穷变化。”

予少以进士游京师[①],因得尽交当世之贤豪。然犹以谓国家臣一四海[②],休兵革,养息天下以无事者四十年[③],而智谋雄伟非常之士,无所用其能者,往往伏而不出,山林屠贩,必有老死而世莫见者。欲从而求之不可得,其后得吾亡友石曼卿[④]。曼卿为人廓然有大志[⑤],时人不能用其材,曼卿亦不屈以求合[⑥],无所放其意,则往往从布衣

野老，酣嬉淋漓，颠倒而不厌[7]。予疑所谓伏而不见者，庶几狎而得之[8]，故尝喜从曼卿游，欲因以阴求天下奇士[9]。

浮屠秘演者[10]，与曼卿交最久，亦能遗外世俗[11]，以气节相高，二人欢然无所间[12]。曼卿隐于酒，秘演隐于浮屠，皆奇男子也。然喜为歌诗以自娱，当其极饮大醉[13]，歌吟笑呼，以适天下之乐[14]，何其壮也！一时贤士皆愿从其游，予亦时至其室。十年之间[15]，秘演北渡河[16]，东之济、郓[17]，无所合，困而归[18]。曼卿已死，秘演亦老病。嗟夫，二人者予乃见其盛衰，则余亦将老矣！

夫曼卿诗辞清绝，尤称秘演之作[19]，以为雅健，有诗人之意。秘演壮貌雄杰，其胸中浩然[20]，既习于佛，无所用，独其诗可行于世，而懒不自惜[21]。已老，胠其橐[22]，尚得三四百篇，皆可喜者。曼卿死，秘演漠然无所向[23]，闻东南多山水，其巅崖崛峍[24]，江涛汹涌，甚可壮也，遂欲往游焉。足以知其老而志在也。于其将行，为叙其诗，因道其盛时以悲其衰。

庆历二年十二月二十八日，庐陵欧阳修序。

① 进士：州府选送礼部参加进士考试的士子亦称进士。欧阳修于天圣五年和八年两次到礼部参加进士考试。 ② 以谓：以为，认为。臣一：臣服统一。 ③ 无事者四十年：宋自真宗景德元年(1004)与契丹订立澶渊和议，到庆历二年(1042)为三十八年，四十取其约数。 ④ 石曼卿：名石延年，宋城(今河南商丘)人，当时有“天下奇才”之誉。 ⑤ 廓然：胸怀阔大的样子。 ⑥ 合：投契，融合。⑦ 颠倒：大醉貌。 ⑧ 庶几：也许可以。狎：亲近。 ⑨ 阴求：暗中寻求。 ⑩ 浮屠：和尚。秘演：和尚的法号。 ⑪ 遗外世俗：超脱世俗。 ⑫ 间：隔阂。 ⑬ 极饮：痛饮。 ⑭ 适：适意，称意。⑮ 十年之间：指明道元年(1032)欧阳修在洛阳初识秘演到作序之时。 ⑯ 河：黄河。 ⑰ 济：济州，州治在今山东巨野。郓：郓州，州治在今山东郓城。 ⑱ 困：困顿。 ⑲ 称：称赞。 ⑳ 浩然：胸怀壮阔。 ㉑ 懒不自惜：疏懒不自爱惜，指随写随弃，没有整理编次。 ㉒ 胠其橐：打开他的口袋。 ㉓ 漠然：冷淡，无所关心。㉔ 崛峍(lù)：山高峻貌。

翻译

我年少的时候，因为参加进士考试游历京师，所以有机会广为结交当世的贤人豪杰。然而仍然认为国家统一四海，平息战事，使天下休养生息，没有战乱已经四十年了，而人群中智谋超群、雄俊壮伟的非凡人物，没有机会施展他们的才能，往往隐居不出，寄身于山林草泽、屠夫商贩之中，到老死也没有人认识。我总希望寻求到这样的人，但一直得不到，后来才结识了亡友石曼卿。曼卿的为人，胸襟开阔，志气远大，当时的人们不能任用他的才干，曼卿也不愿屈身以求与人契合。他没有地方抒发胸中的意气，便往往追随平民百姓、山野闲人，大家一块开怀畅饮，意兴淋漓，即使醉倒也不会厌倦。我暗想那些隐居不出的人，也许可以通过亲近接触而结识他们，因而经常喜欢追随曼卿游乐，希望通过他暗中寻求天下的奇才异士。

和尚秘演这个人，与曼卿交游最久，也能够超脱世俗，崇尚气节，两人欢然相处，亲密无间。曼卿借酒隐居，秘演借佛隐居，都是奇男子。然而两人都喜欢吟诗作赋，借以消遣娱乐。当两人痛饮大醉，吟诗唱歌，大笑大叫，以适意为天下最大的快乐，多么豪壮啊！当时的贤良士人都愿意和他们往来，我也时时到他们的住所去。十年之间，秘演北渡黄河，东到洛州、郓州，没有气味相投的人，穷困潦倒，郁郁而归。现在曼卿已去世，秘演也年老多病。唉，我亲眼看到两个人由盛到衰的景况，那么我也将步入老境了！

曼卿的诗歌清新极了，但他却特别称赞秘演的作品，认为高雅朗健，有诗人的意境。秘演的形状相貌威武特出，心胸宽广，既已皈依佛教，无法施展才干，只有他的诗可以流布于世间。但他生性疏懒，对自己的作品也不甚爱惜。现在老了，打开他的行囊，还存有三四百篇，都是令人喜爱的佳作。曼卿死后，秘演心境淡漠，无所追求，听说东南一带多好山好水，其间峰峦高耸，悬崖峻峭，江涛汹涌，很可以令人心胸雄壮，于是便想前去游览。由此可知他虽然年老但志气还在。在他准备启程的时候，特为他的诗集作这篇叙，因而述及他盛时的乐事，悲叹他眼前的衰老。

庆历二年十二月二十八日，庐陵欧阳修序。

王彦章画像记

庆历三年(1043)作。宋朝在对外关系上,从一开始就采取守势,时常被动挨打。五年前西夏赵元昊反叛,宋军屡战屡败,朝野内外“闻鼙鼓而思良将”。就在这段时间,欧阳修两次往滑州任通判,得以了解五代名将王彦章的事迹,并亲眼瞻仰其遗像,不觉感慨万端,以饱蘸感情的笔墨写下了这篇文章。文章没有全面叙述王彦章的一生,只抓住他善出奇兵和忠勇殉职二事来写,同时穿插点染他的一些言行细节,便觉音容笑貌如在眼前,虎虎有生气。本文无论在写作手法还是艺术效果上,都可以和韩愈的《张中丞传后叙》以及柳宗元的《段太尉逸事状》鼎足而三。

太师王公讳彦章①,字子明,郓州寿张人也②。事梁③,为宣义军节度使④,以身死国,葬于郑州之管城⑤。晋天福二年⑥,始赠太师。公在梁,以智勇闻。梁晋之争数百战⑦,其为勇将多矣,而晋人独畏彦章。自乾化后⑧,常与晋战,屡困庄宗于河上⑨。及梁末年,小人赵岩等用

事[10]，梁之大臣老将多以谗不见信，皆怒而有怠心；而梁亦尽失河北，事势已去。诸将多怀顾望，独公奋然自必[11]，不少屈懈，志虽不就，卒死以忠[12]。公既死，而梁亦亡矣。悲夫！

五代终始，才五十年，而更十有三君，五易国而八姓[13]，士之不幸而出乎其时，能不污其身，得全节者鲜矣。公本武人，不知书，其语质[14]，平生尝谓人曰："豹死留皮，人死留名。"盖其勇义忠信出于天性而然。

予于《五代书》[15]，窃有善善恶恶之志[16]，至于公传，未尝不感愤叹息，惜乎旧史残略，不能备公之事[17]。康定元年，予以节度判官来此[18]，求于滑人，得公之孙睿所录《家传》[19]，颇多于旧史，其记德胜之战尤详[20]。又言敬翔怒末帝不肯用公[21]，欲自经于帝前；公因用笏画山川，为御史弹而见废[22]。又言公五子，其二同公死节。此皆旧史无之。又云公在滑，以谗自归于京师，而史云"召之"。是时梁兵尽属段凝[23]，京师羸兵不满数千[24]，公得保銮五百人之郓州，以力寡败于中都[25]，而史云将五千以往者，亦皆非也。公之攻德胜也，初受命于帝前，期以三日破敌，梁之将相闻者皆窃笑，及破南城[26]，果三日。是时庄宗在魏，闻公复用，料公必速攻，自魏驰马来救，已不及矣。庄宗之善料，公之善出奇[27]，何其神哉！

今国家罢兵四十年[28]，一旦元昊反[29]，败军杀将，连四五年，而攻守之计至今未决。予尝独持用奇取胜之议，而叹边将屡失其机；时人闻予说者，或笑以为狂，或忽若不闻，虽予亦惑不能自信。及读公《家传》，至于德胜之捷，乃知古之名将，必出于奇，然后能胜。然非审于为计者不能出奇[30]，奇在速，速在果，此天下伟男子之所为，非拘牵常算之士可到也[31]。每读其传，未尝不想见其人。

后二年[32]，予复来通判州事。岁之正月，过俗所谓铁枪寺者，又得公画像而拜焉。岁久磨灭，隐隐可见，亟命工完理之[33]，而不敢有加焉，惧失其真也。公善用枪，当时号“王铁枪”。公死已百年，至今俗犹以名其寺，童儿牧竖，皆知王铁枪之为良将也。一枪之勇，同时岂无？而公独不朽者，岂其忠义之节使然欤？

画已百余年矣，完之[34]，复可百年。然公之不泯者，不系乎画之存不存也[35]，而予尤区区如此

者[36]，盖其希慕之至焉耳。读其书，尚想乎其人，况得拜其像，识其面目，不忍见其坏也。画既完，因书予所得于后而归其人，使藏之。

---

① 太师：王彦章死后被追赠太师的官衔。讳：避讳，这里指避讳的名字。 ② 寿张：今属山东。 ③ 梁：朱温篡唐后建立的王朝。 ④ 宣义军：治滑州，在今河南滑县东。 ⑤ 管城：在今河南郑州。 ⑥ 晋天福二年：石敬瑭灭后唐，国号晋，年号天福。天福二年为公元937年。 ⑦ 梁晋之争：指梁军与晋王李克用之间进行的战争。 ⑧ 乾化：梁太祖朱温年号。 ⑨ 庄宗：李克用子李存勗，灭梁后建立后唐。 ⑩ 赵岩：后梁末帝时为户部尚书、租庸使，居中用事，后被族杀。 ⑪ 自必：自己坚持，一定做到。 ⑫ 卒死以忠：终于以身殉国。王彦章于梁末帝龙德三年(923)兵败被杀。 ⑬ 唐朝亡后，梁、唐、晋、汉、周相继而起，史称五代。从后梁太祖朱温开平元年(907)至后周恭帝显德七年(960)，历时五十四年，更换了八姓十三个皇帝。此处说"五十年"，是举其成数。 ⑭ 语质：说话朴实。 ⑮《五代书》：即欧阳修所著《新五代史》。 ⑯ 善善恶恶：褒善贬恶。 ⑰ 备：备载，详细记载。 ⑱"康定元年"二句：康定元年即公元1040年，这年欧阳修由乾德令升任武成军节度判官。武成军治所在滑州。 ⑲《家传》：子孙叙其先人事迹的传记。以下诸事皆家传所记。 ⑳ 德胜之战：即龙德三年(923)王彦章任招讨使于德胜城(今河南濮阳)击败晋军之战。 ㉑ 敬翔：字子振，冯翊(今陕西大荔)人，后梁开国重臣，梁亡，自缢死。 ㉒"公因"二句：言王彦

章攻破德胜后，又攻杨刘未下，副使段凝诬其使酒致败，"彦章被罢职，驰至京师入见，以笏画地，自陈胜败之迹"，被赵岩等劾为不恭。㉓ 段凝：后梁时为怀州刺史、郑州刺史，梁末帝时为招讨使。梁亡降唐，为唐庄宗所宠。明宗立，赐死。 ㉔ 羸兵：老弱之兵。 ㉕ 中都：今山东汶上。王彦章罢职后，晋兵攻下兖州，梁势危急，重新起用彦章守东路，仅五百新兵，寡不敌众，因以致败。 ㉖ 南城：今山东费县。 ㉗ 出奇：出奇兵奇计。 ㉘ 罢兵四十年：指从真宗景德元年（1004）与契丹订澶渊之盟至写此文时（1043），刚好四十年。㉙ 元昊：西夏君主，他于宋仁宗宝元元年（1038）自称大夏皇帝，宋军连年战败，束手无策。 ㉚ 审：周密。 ㉛ 拘牵常算：墨守成规。㉜ 后二年：指庆历二年，欧阳修再到滑州任通判。 ㉝ 完理之：指修整画像。 ㉞ 完之：指修整完成。 ㉟ 系乎：有赖于。 ㊱ 区区：心意诚挚。

翻译

太师王公讳彦章，字子明，郓州寿张人。在后梁，任过宣义军节度使，以身殉国，葬在郑州管城。后晋天福二年，才赠太师称号。公在后梁时，以智勇双全闻名。后梁与后晋的战争大小几百次，勇猛的将领不知多少，而晋人独独畏惧彦章。自从梁朝乾化年间以后，他经常与晋军作战，多次把庄宗围困在河上。到了梁朝末年，小人赵岩等专权，梁的大臣老将多因谗言不被皇帝信任，都心怀愤怒而对国事懈怠。而梁朝也因此完全失去了河北之地。

大势已去，军中将领对时局都抱观望态度，只有公发奋自我坚持，没有丝毫退缩懈怠，保国之志虽未成功，但终于以死尽忠。公既死，而梁也随即灭亡了，可悲啊！

五代从开始到结束，才五十四年，却更换了十三位国君，五次改朝换代，八姓先后掌握政权，士人不幸出生在这个时代，能不使自身受污辱，终生保持名节的实在太少了！公本来是一个带兵打仗的武夫，不懂文化，言语质朴，平生经常对人说："豹死留皮，人死留名。"他的义烈勇敢、忠诚守信都是他的天性如此。

我对于编写《五代史》，私下曾怀有扬善贬恶的志愿，写到彦章的传记，未尝不因他的经历而感愤叹息，可惜旧五代史残缺简略，不能详细记载他的事迹。康定元年，我因担任节度判官来到滑州，向滑州人寻求有关彦章的材料，终于找到彦章的孙子王睿所记录的《家传》，事迹比旧史记录多得多，其中记德胜之战尤其详细。《家传》又提到梁朝宰相敬翔因恼怒梁末帝不肯起用彦章，想在末帝前自杀；还提到彦章因为用朝笏在地上指画山川形势，被御史弹劾而罢官。又说彦章五个儿子，有两个与公一道殉节。这些都是旧史没有的。又说公在滑州，因受谗言自行赶回京师辩白，旧史却说是末帝召他回去。当时梁兵已全部归段凝指挥，京师瘦弱老兵不到几千人，公得禁卫军五百人，率领他们往郓州迎战，因为寡不敌众，战败于中都，而旧史说他带五千兵马前往，也是不正确的。公进攻德胜的时候，在末帝面前接受命令，保证三天破敌，梁朝的将相都暗自讥笑，到攻破南城时，果然才三天。当时后晋庄宗在魏地听说彦章重新起用，预料他必从速进攻，便从魏地派骑兵来救援，已来不及了。庄宗之善于估计形势，彦章的善于出奇制胜，是多么神乎其神啊！

现在国家停战已经四十年了，一旦西夏元昊反叛，使我方损兵折将，一连四五年时间，而攻守的主意到现在还决定不下。我曾经独自主张用奇兵取胜，感叹边将屡次失去有利时机。当时人听到我的说法，有的笑我痴狂，有的忽视像没有听到，即使我也产生了疑惑，不敢自信。及到读彦章的《家传》，到叙述德胜大捷时，这才懂得古代名将必出奇兵，然后才能取胜。然而不是周密用计的人，不能出奇兵。奇兵贵在神速，速在果断，这是天下伟男子所做的事，不是墨守成规的腐儒所能办到的。每次读彦章的传记，未尝不想见到这样的人。

过后两年，我又来任滑州通判。第二年正月，经过当地人称作铁枪寺的寺院，又看到彦章的画像，瞻拜了他的仪容。那画像因年长日久，画面磨损，形象只是隐约可见，当即叫工匠加以整修复原，但不敢随意加工，怕使容貌失真。彦章善于使枪，当时被称为“王铁枪”。他死去已一百多年，直到今天大家还用他的绰号来称呼这个寺庙，孩子牧童都知道王铁枪是良将。与他同时凭一支枪冲锋陷阵的，何止他一个人，但公独能流传不朽，这恐怕是他的忠义气节造成的吧？

彦章的画像，已流传了一百多年，经过修整，又可以流传百年。然而公的威名不灭，并不依赖画像的在与不在，而我所以诚心诚意加以整修，是因为对他的为人仰慕到了极点罢了。读他的传记还想到他的为人，何况瞻拜他的画像，认识他的容貌，实在不忍心看着它损坏。画像既修整完毕，趁机在画后写下我所搜求到的事迹，归还给画像的收藏者，让他珍藏起来。

朋党论

庆历三年(1043)作,当时欧阳修以太常丞知谏院。景祐三年(1036),范仲淹、欧阳修等因议论朝政,倡导改革,被吕夷简等目为朋党,加以贬逐。自此朋党之论一直延续多年,阻碍着这批有志改革之士的任用。庆历三年,宋仁宗起用范仲淹等推行庆历新政,政敌再次攻击范仲淹等结为朋党,欧阳修作此文回击。他历数史实,层层对比,说明朋党自古客观存在,重要的问题是要分辨君子之朋党与小人之朋党,对君子之朋党要大胆进用,对小人之朋党要坚决斥退。由于文章说理剀切有力,对说服宋仁宗支持范仲淹等推行庆历新政,起了一定作用。

臣闻朋党之说[①],自古有之,惟幸人君辨其君子、小人而已[②]。

大凡君子与君子以同道为朋[③],小人与小人以同利为朋[④],此自然之理也。然臣谓小人无朋,惟君子则有之,其故何哉?小人所好者禄利也,所贪者财货也,当其同利之时,暂相党引以为朋

者[5]，伪也；及其见利而争先，或利尽而交疏[6]，则反相贼害，虽其兄弟亲戚不能相保。故臣谓小人无朋，其暂为朋者，伪也。君子则不然，所守者道义，所行者忠信，所惜者名节。以之修身，则同道而相益；以之事国，则同心而共济，终始如一，此君子之朋也。故为人君者，但当退小人之伪朋，用君子之真朋，则天下治矣。

尧之时，小人共工、讙兜等四人为一朋[7]，君子八元、八恺十六人为一朋[8]；舜佐尧退四凶小人之朋，而进元恺君子之朋，尧之天下大治。及舜自为天子，而皋、夔、稷、契等二十二人并列于朝廷[9]，更相称美，更相推让，凡二十二人为一朋，而舜皆用之，天下亦大治。《书》曰："纣有臣亿万，惟亿万心；周有臣三千，惟一心[10]。"纣之时，亿万人各异心，可谓不为朋矣，然纣以亡国。周武王之臣三千人为一大朋，而周用以兴[11]。后汉献帝时，尽取天下名士囚禁之，目为党人[12]；及黄巾贼起，汉室大乱，后方悔悟，尽解党人而释之，然已无救矣[13]。唐之晚年，渐起朋党之论[14]；及昭宗时，尽杀朝之名士，或投之黄河，曰："此辈清流，可投浊流。"而唐遂亡矣[15]。

夫前世之主，能使人人异心不为朋，莫如纣；能禁绝善人为朋，莫如汉献帝；能诛戮清流之朋，莫如唐昭宗之世：然皆乱亡其国。更相称美推让而不自疑，莫如舜之二十二臣，舜亦不疑而皆用之。然而后世不诮舜为二十二人朋党所欺，而称舜为聪明之圣者，以能辨君子与小人也。周武之世，举其国之臣三千人为一朋，自古为朋之多且大莫如周，然周用此以兴者，善人虽多而不厌也。

夫兴亡治乱之迹[16]，为人君者可以鉴矣[17]。

---

① 朋党：原指同类的人为同一目的结成团体，后专指士大夫各树党羽互相倾轧。 ② 幸：希望。 ③ 道：指下文的“道义”“忠信”“名节”。 ④ 利：指下文的“禄利”“财货”。 ⑤ 党引：互相勾结、援引。 ⑥ 交疏：交情疏远、淡漠。 ⑦ 共工、讙(huān)兜：古代传说中“四凶”之二。另二人为三苗、鲧。 ⑧ 八元：上古帝喾(kù)即高辛氏的八个贤臣。元：善良。八恺(kǎi)：上古颛顼(zhuān xū)即高阳氏的八个贤臣。恺：和乐，和易。 ⑨ 皋：皋陶(yáo)，掌管刑狱。夔(kuí)：掌管音乐。稷(jì)：后稷，掌管农事，相传为周朝始祖。契(xiè)：掌管教育，相传为商朝始祖。他们皆为舜时贤臣。⑩ “《书》曰”五句：引文见《尚书·周书·泰誓》，系周武王伐纣，兵渡孟津时的誓师词。纣：帝辛，商朝亡国之君。 ⑪ 用：因此。⑫ “后汉”三句：后汉：东汉。献帝：应为灵帝。东汉桓帝时宦官专

权,世家大族李膺等人和太学生郭泰、贾彪等联合,抨击宦官集团,李膺等二百人为此而遭逮捕,后虽释放,但终身不许做官,称为第一次“党锢之祸”。灵帝即位后,外戚窦武专政,起用党人,并与太傅陈蕃合谋诛灭宦官,事泄被杀,宦官挟持灵帝,收捕李膺、杜密等百余人下狱处死,株连近千人,史称第二次“党锢之祸”。至灵帝光和七年黄巾起义,始赦免“党人”。文作“献帝”,为欧阳修误记。 ⑬“及黄”五句:指汉末张角为首的农民起义,起义军以黄巾裹头,故称黄巾军。解:解除罪名。 ⑭“唐之”二句:指从唐穆宗开始,一直延续到文宗、武宗、宣宗时的牛(僧孺)、李(德裕)党争。 ⑮“及昭”六句:昭宗,应为“昭宣帝”。昭宣帝天祐二年(905),李振以“此辈常自谓清流,宜投之黄河,使为浊流”等话,唆使奸臣朱温(即朱全忠)杀死朝臣裴枢等三十多人,有的投入黄河。清流:以德行高洁之士。浊流:指黄河水。文作昭宗,是欧阳修误记。 ⑯迹:迹象,事物发展变化的线索。 ⑰鉴:鉴戒。

翻译

臣听说关于朋党的议论,自古以来就有了。只是希望当国君的要注意辨别是君子还是小人的朋党。

大概君子与君子之间,因为志同道合,所以结为朋党,小人与小人之间,因为利益相关,所以结为朋党,这是自然的道理。然而我认为,小人之间没有“朋党”可言,只有君子之间才有。其原因是什么呢?因为小人所爱好的是利禄,所贪恋的是财货。当他们的利益相关时，暂时互相勾结援引所结成的朋党，那是假的。一旦彼此之间见到有利可图时，便会互相争夺；或者已无利可争，交情疏远，便会反过来互相残害，即使是兄弟亲戚也不能互相保全。因此，我认为小人没有朋党，他们暂时结为朋党，那是假的。君子却不是这样，他们所信守的是道义，所遵行的是忠信，所爱惜的是名节。以此来进行自身的道德修养，就会志同道合，相得益彰；以此来为国家服务，就会同心同德，同舟共济，自始至终坚持不渝。这就是君子所结成的朋党。所以当国君的只要能斥退小人的虚伪的朋党，任用君子的真正的朋党，那么天下就能治理好了。

在上古尧帝的时代，小人共工、讙兜等四人结为一党，君子八元、八恺十六人结为一党；舜帮助尧斥退四凶的小人朋党，进用善良和易的君子朋党，尧的天下才获得大治。直到舜自己作天子，皋陶、夔、后稷、契等二十二人同时在朝廷上办事，互相称赞，互相谦让，二十二人结成一党，舜帝都加以信用，天下也获得大治。《尚书》记载说："纣王有亿万个臣子，便有亿万个心；周朝有三千臣子，只有一个心。"纣王的时候，亿万人各怀异心，那真说得上是不结党了，然而纣王还是因此亡国。周武王的臣子三千人结为一大朋党，而周武王因此夺得天下。后汉献帝时，将天下所有的名士都囚禁起来，把他们看作党人，等到黄巾造反，汉朝天下大乱，这才后悔醒悟过来，把囚禁的党人都释放了，然而汉朝的灭亡已经无法挽回了。唐朝末年，渐渐兴起朋党之说，到唐昭宗时，把在朝的名士都杀光，或者把他们丢进黄河淹死，说"这些家伙自称

‘清流’，这回要把他们投进浊流”。于是唐朝也灭亡了。

前代的国君，能使人人各怀异心，不敢结为朋党的，都不如纣王；能禁止善良的人结为朋党的，都不如汉献帝；能杀害清流之士所结成的朋党的，都不如唐昭宗，但结果却导致亡国。能互相称赞各自的美德，谦让而不猜疑的，都不如虞舜时的二十二位臣子，舜也不猜疑他们，都加以任用。然而后世的人并未讥笑舜被这二十二人的朋党所欺弄，而称赞舜是一位聪明的圣人，是因为他能辨别君子小人。周武王时期，让全国臣子三千人共同结为一个朋党，自古以来，结为朋党又多又大，都不如周，然而周朝却因此而兴盛，正是因为当时善人虽多却不嫌其多。

以上前代兴亡治乱的史迹，作国君的可以作为鉴戒。

黄梦升墓志铭

庆历三年(1043)作。有志之士怀才不遇，郁郁而终，是千古同慨的主题，此文又提供了一个令人悲怆的典型。黄注，字梦升，是欧阳修童年时就认识的朋友。文章通过记述他们两人三次会面的情形，再现了黄注“尤以文章意气自豪”，到“志虽衰而少时意气尚在”，再到“志虽困而独其文章未衰”的一生，深刻地反映了封建社会压抑人才的现实，提出了“孰使其有，不使其施”的令人深思的问题。此篇与《释秘演诗集序》相比，少了些奇气，但感情却更加深挚，行文更其亲切。从文学角度看，一般墓志铭皆繁冗不文，难以卒读，而“此文音节之美，句句可歌”；“遒宕古逸，当为墓志第一”(《古文辞类纂》卷四十六)。

予友黄君梦升，其先婺州金华人[①]，后徙洪州之分宁[②]。其曾祖讳元吉，祖讳某，父讳中雅，皆不仕。黄氏世为江南大族，自其祖、父以来，乐以家赀赈乡里[③]，多聚书以招四方之士。梦升兄弟皆好学，尤以文章意气自豪。

予少家随[4]，梦升从其兄茂宗官于随。予为童子，立诸兄侧[5]，见梦升年十七八，眉目明秀，善饮酒谈笑。予虽幼，心已独奇梦升[6]。后七年，予与梦升皆举进士于京师[7]。梦升得丙科[8]，初任兴国军永兴主簿[9]，怏怏不得志，以疾去[10]。久之，复调江陵府公安主簿[11]。时予谪夷陵令[12]，遇之于江陵。梦升颜色憔悴，初不可识，久而握手嘘嚱[13]，相饮以酒，夜醉起舞，歌呼大噱[14]。予益悲梦升志虽衰而少时意气尚在也。后二年，予徙乾德令[15]，梦升复调南阳主簿[16]，又遇之于邓间[17]。常问其平生所为文章几何[18]，梦升慨然叹曰："吾已讳之矣[19]。穷达有命，非世之人不知我，我羞道于世人也。"求之不肯出，遂饮之酒[20]，复大醉，起舞歌呼。因笑曰："子知我者。"乃肯出其文，读之，博辨雄伟，其意气奔放，犹不可御[21]。予又益悲梦升志虽困而独其文章未衰也。是时谢希深出守邓州[22]，尤喜称道天下士，予因手书梦升文一通，欲以示希深，未及而希深卒，予亦去邓。后之守邓者皆俗吏，不复知梦升。梦升素刚[23]，不苟合[24]，负其所有[25]，常怏怏无所施[26]，卒以不得志死于南阳。

梦升讳注，以宝元二年四月二十五日卒[27]，享年四十有二[28]。其平生所为文，曰《破碎集》《公安集》《南阳集》，凡三十卷。娶潘氏，生四男二女，将以庆历四年某月某日葬于董坊之先茔[29]。其弟渭泣而来告曰："吾兄患世之莫吾知[30]，孰可为其铭？"予素悲梦升者，因为之铭曰：

予尝读梦升之文，至于哭其兄子庠之词[31]，曰："子之文章，电激雷震，雨雹忽止，阒然灭泯[32]。"未尝不讽诵叹息而不已。嗟夫梦升，曾不及庠，不震不惊，郁塞埋藏。孰与其有，不使其施？吾不知所归咎[33]，徒为梦升而悲。

---

① 婺州金华：今浙江金华。 ② 洪州之分宁：今江西修水。 ③ 赀(zī)：财物。赈(zhèn)：救济。 ④ 少家随：指欧阳修随母到湖北随州依附叔父欧阳晔。 ⑤ 诸兄：指欧阳晔之子。 ⑥ 奇：以……为奇。 ⑦"后七年"二句：欧阳修与黄梦升同举天圣八年(1030)进士。 ⑧ 丙科：宋代合格进士分五等，一二等为甲科，三等为乙科，四五等为丙科。 ⑨ 兴国军：属江南西路。永兴：今湖北阳新。主簿：官名，典领文书。 ⑩ 以疾去：称病离职。 ⑪ 江陵府：府治在今湖北江陵。公安：今湖北公安。 ⑫ 谪夷陵令：欧阳修于景祐三年(1036)贬为夷陵(今湖北宜昌)令。 ⑬ 嘘嚱：同"唏嘘"，叹息声。

⑭ 噱：大笑。 ⑮“后二年”二句：指宝元元年(1038)三月欧阳修改乾德(今湖北光化)令。 ⑯ 南阳：今河南南阳。 ⑰ 邓：今河南邓州。 ⑱ 常：通“尝”，曾经。 ⑲ 讳：讳言。 ⑳ 饮之酒：以酒款待他。 ㉑ 御：抗御，阻挡。 ㉒ 谢希深：谢绛，字希深，欧阳修在洛阳时的诗友。谢于宝元二年二月出守邓州，十一月死于邓。黄那时是谢的下属，故欧公欲抄其文向谢推荐。 ㉓ 刚：刚直。 ㉔ 苟合：苟且附和。 ㉕ 负：抱持。 ㉖ 怏怏：不乐貌。 ㉗ 如依此说，则梦升死在谢希深前(谢死于同年十一月)，与上文“后之守邓者皆俗吏，不复知梦升”显然矛盾，二年或为三年之误。 ㉘ 享年四十有二：依此说，梦升天圣八年中进士时为三十三岁，再上推七年，欧阳修与黄梦升在随州初识已二十七八岁，与前十七八岁见梦升不合，“享年四十有二”或为“三十有二”之误。 ㉙ 先茔：祖坟。 ㉚ 莫吾知：无人了解我。语出屈原《离骚》：“已矣哉，国无人莫吾知兮。” ㉛ 庠：黄庠，字长善，洪州分宁人。博学强记，超敏过人，就举国子监、开封府、礼部，皆为第一，声动京师，不久病卒。 ㉜ 阒然：寂静。 ㉝ 归咎：罪责归谁。

翻译

我的朋友黄梦升，他的祖先原是婺州金华人，后迁移到洪州的分宁。他的曾祖父讳元吉，祖父讳某某，父讳中雅，都没有做过官。黄家世世代代是江南的大族，自从他的祖、父两代以来，都乐意以家财救济同乡的穷苦百姓，又喜欢多买书籍招集四方的读书人来学习。梦升兄弟都爱学习，尤以善写文章、意气风发而自豪。

我少年时住在随州。梦升跟着他在随州做官的哥哥茂宗同住。那时，我还是个小孩子，站在各位堂兄的旁边，见梦升年纪约十七八岁，眉目清秀，很会饮酒、谈笑。我虽然年纪小，心里独以梦升为奇。以后过去了七年，我与梦升在京师同时考中进士。梦升考中丙科，开始时担任兴国军永兴县主簿，心中郁闷不平，很不得志，因此自称有病，离职回家。后来，重又调任江陵府公安主簿。那时，我刚好贬谪到夷陵担任县令，与他在江陵相遇。梦升面容憔悴，一下子认不出来，过了好久才握手感叹不已，于是相互劝酒，以致夜间酣醉起舞，欢呼歌唱，大声说话。我为梦升壮志虽衰而少年时的意气还在更觉悲哀。过后两年，我调任乾德县令，梦升也调到南阳任主簿，我们再次在邓州相遇。我曾问他一生写了多少文章，梦升感慨叹息说："我已经不愿提起写文章的事了。一个人得志不得志都是命中注定的，并不是社会的人不了解我，是我羞于向人们谈起这些事。"我向他要文章看，他不肯拿出来，便拿酒来与他一起喝。又大醉起舞，歌唱欢呼。于是他笑着说："你是了解我的人。"这时才肯把他的文章拿给我看。他的文章读起来广博善辩，气魄雄伟，那意气的奔放，好像仍不可抵挡。我为梦升志气虽受到压抑而文章依然没有衰退而更加悲哀。这时，谢希深出任邓州知州，特别喜欢称扬天下的人才。我于是将梦升的文章抄了一通，准备送给希深看。但还来不及送上，希深便去世了，我也离开了邓州。后来担任邓州知州的都是一些庸俗的官吏，再没有赏识梦升的人。梦升的个性一贯很刚直，不随便附和别人。抱着满肚子的才华，常郁郁不平，无处可以发挥，最后以不得志死在南阳。

梦升名注，死于宝元二年四月二十五日，享年四十二岁。他一生所写的文章有《破碎集》《公安集》《南阳集》，共三十卷。娶妻潘氏，生四男二女，将在庆历四年葬于董坊黄氏祖坟上。他的弟弟黄渭来对我哭诉道："我哥哥忧虑世上没有理解他的人，谁能为他写墓志铭？"我一贯同情梦升，因此为他作铭如下：

我曾读梦升的文章，看到他为哥哥的儿子黄庠所写的悼词，说："你的文章，如闪电、鸣雷、下雹，突然停止，寂然消失。"每读到这里，无不再三吟诵叹息。可叹呀梦升，你的遭遇还不如黄庠。你的一生没有任何震惊世人的影响，幽郁闭塞，默默埋藏，谁赋予你这样的才干，又不让它施展？我不知道归罪于谁，只是为你悲伤。

丰乐亭记

庆历六年(1046)作。所谓庆历新政,仅经过一年多时间,就在庆历五年春宣告失败,执政大臣杜衍、范仲淹等相继被斥逐。欧阳修因上疏为他们辩护,也被捏造罪名,贬于滁州。滁州五代时为争战之地,备受破坏,经过宋初近百年的休养生息,已初复元气。州西南琅琊山为游览胜地,欧阳修政事之暇,颇喜寻幽访胜,辟地筑亭。此文除记述建丰乐亭的经过及与滁人共游之乐外,重点是描绘滁州从战乱到和平的变迁,从而寄托了安定来之不易,应予珍惜的命意。

修既治滁之明年夏,始饮滁水而甘。问诸滁人,得于州南百步之近。其上丰山,耸然而特立[①];下则幽谷,窈然而深藏[②];中有清泉,滃然而仰出[③]。俯仰左右,顾而乐之。于是疏泉凿石,辟地以为亭,而与滁人往游其间。

滁于五代干戈之际[④],用武之地也。昔太祖皇帝尝以周师破李景兵十五万于清流山下,生擒其将皇甫晖、姚凤于滁东门之外,遂以平滁[⑤]。

修尝考其山川[⑥]，按其图记[⑦]，升高以望清流之关，欲求晖、凤就擒之所，而故老皆无在者[⑧]。盖天下之平久矣。自唐失其政，海内分裂，豪杰并起而争，所在为敌国者，何其胜数！及宋受天命[⑨]，圣人出而四海一。向之凭恃险阻，划削消磨，百年之间，漠然徒见山高而水清。欲问其事，而遗老尽矣。

今滁介于江淮之间，舟车商贾，四方宾客之所不至。民生不见外事，而安于畎亩衣食[⑩]，以乐生送死。而孰知上之功德，休养生息，涵煦百年之深也[⑪]。

修之来此，乐其地僻而事简，又爱其俗之安闲。既得斯泉于山谷之间，乃日与滁人仰而望山，俯而听泉。掇幽芳而荫乔木，风霜冰雪，刻露清秀，四时之景无不可爱[⑫]。又幸其民乐其岁物之丰成[⑬]，而喜与予游也。因为本其山川[⑭]，道其风俗之美，使民知所以安此丰年之乐者，幸生无事之时也。夫宣上恩德[⑮]，以与民共乐，刺史之事也[⑯]。遂书以名其亭焉。

庆历丙戌六月日[⑰]，右正言知制诰知滁州军州事欧阳修记。

① 丰山:在滁州城西南。 ② 窈然:幽远貌。 ③ 滃然:水势盛大貌。 ④ 干戈之际:战乱之时。 ⑤“昔太祖”三句:叙周世宗显德三年(956)赵匡胤破南唐军于滁州事。太祖:宋太祖赵匡胤,时为后周殿前都虞侯。周师:后周军队。李景:即南唐中主李璟,因避周庙讳改。清流山:在滁州城西北二十五里。皇甫晖、姚凤:皆南唐大将。 ⑥ 考:考察,踏勘。 ⑦ 图记:地理志、地方志一类书。 ⑧ 故老:指经历过当时事件的人。下文“遗老”同。 ⑨ 受天命:古代崇信皇权神授,登上皇位者都自称受命于天。 ⑩ 畎亩:田地。 ⑪ 涵煦:意为皇帝的恩德如雨露滋润,阳光普照。 ⑫“掇幽”四句:写滁州的四时景色。掇(摘取)幽芳写春,荫乔木写夏,风霜写秋,冰雪写冬。春夏百花开放,草木茂盛,故说“清秀”;秋冬木叶尽脱,山石突兀,故说“刻露”。 ⑬ 丰成:丰收成熟。 ⑭ 本:推本,推求。 ⑮ 宣:宣扬。 ⑯ 刺史:宋时的知州相当于汉唐时的刺史,故用为代称。 ⑰ 庆历丙戌:即庆历六年(1046)。

翻译

我到滁州任知州的第二年夏天,才饮到滁州一处甘甜的泉水。向滁州人打听,在州城南百步远近的地方找到了泉水。上有丰山高耸而突兀,下有溪谷幽静而深藏,其中一道清冽的泉水,水势盛大,向上喷涌。我上下左右观看,非常高兴。于是凿开岩石,疏通泉流,开辟出一片地方建筑亭子,与滁州的人们前往游乐。

滁州在五代战乱的时候，是兵家用武的地方。当年，太祖皇帝曾率领周朝的军队在清流山下打败李璟的兵马十五万人，活捉南唐将领皇甫晖、姚凤于滁州东门之外，于是平定了滁州。我曾经考察过当地的山川形势，研究地方志，登上高处瞭望清流关，希望能找到皇甫晖、姚凤被擒的地方。但当年亲历战事的人都不在了，因为天下平定已经很久了。自从唐代政治颓败，海内四分五裂，天下豪杰并起，相互争夺，到处都是敌对政权，数也数不清。到了宋朝承受天命，圣人出世，四海统一。过去凭借山川险阻称王称霸的人，有的被铲平，有的自行消亡，百年之间，冷清清地只见清流山依旧高耸，清流河仍然清澈。想问当时战争情况，经历过的人都早已死去了。

今天滁州位于江淮之间，地方偏僻，是船只车辆、商贾游客都很少到的地方。百姓生下来就不见外地的事情，安心于耕田种地，穿衣吃饭，养老送终。谁能知道皇上的功德，让百姓休养生息，如雨露滋润、阳光普照达百年之久呢！

我来到这里，喜欢它地方僻静而公事清简，又爱它的民风安恬闲适。既已在山谷间找到这样的甘泉，便每天同滁州的人士来游，抬头望山，低首听泉。春天采摘幽香的花草，夏天荫凉于茂密的乔木，秋迎风霜，冬赏冰雪。秋冬的刻削裸露，春夏的清幽秀茂，四时的风光，无一不令人喜爱。民众也为年年谷物的丰收成熟而高兴，乐意与我同游。于是为他们推求这里的山川形胜，叙述这里风俗的美好，使民众知道所以能够安享丰年的欢乐，是因为有幸生于这太平无事的时代。而宣扬皇上的恩德，和民众共享欢乐，这是刺史职责范围内的事。于是便写下了这篇文章，并给亭子起名为丰乐。

庆历丙戌六月日，右正言、知制诰、知滁州军州事欧阳修记。

醉翁亭记

庆历六年(1046)作。写同滁人在醉翁亭畔的游赏之乐，在表现士大夫放情山水、悠然自适的情调的同时，也隐约流露出仕途失意的情绪。文章在语言上的造诣极高。一是骈散兼行，连用二十一个“也”字，一气贯通，又舒徐起伏，形成音调上的回环和谐之美。一是文字极富锤炼功夫，字字难以易动，如“环滁皆山也”一句，就是几经改削而成。“远近争传，疲于摹打”(见《滁州志》)，表明此记在当时何等为人宝重。

环滁皆山也。其西南诸峰，林壑尤美①。望之蔚然而深秀者②，琅琊也③。山行六七里，渐闻水声潺潺，而泻出于两峰之间者，酿泉也④。峰回路转，有亭翼然临于泉上者⑤，醉翁亭也。作亭者谁？山之僧智仙也⑥。名之者谁？太守自谓也⑦。太守与客来饮于此，饮少辄醉，而年又最高，故自号曰醉翁也⑧。醉翁之意不在酒，在乎山水之间也。山水之乐，得之心而寓之酒也。

若夫日出而林霏开，云归而岩穴暝，晦明变化者，山间之朝暮也[9]。野芳发而幽香，佳木秀而繁荫，风霜高洁，水落而石出者，山间之四时也[10]。朝而往，暮而归，四时之景不同，而乐亦无穷也。

至于负者歌于途[11]，行者休于树，前者呼，后者应，伛偻提携[12]，往来而不绝者，滁人游也。临溪而渔，溪深而鱼肥；酿泉为酒，泉香而酒洌[13]；山肴野蔌[14]，杂然而前陈者，太守宴也。宴酣之乐，非丝非竹[15]。射者中[16]，弈者胜[17]，觥筹交错[18]，起坐而喧哗者，众宾欢也。苍颜白发，颓然乎其间者，太守醉也。

已而，夕阳在山，人影散乱，太守归而宾客从也。树林阴翳[19]，鸣声上下，游人去而禽鸟乐也。然而禽鸟知山林之乐，而不知人之乐；人知从太守游而乐，而不知太守之乐其乐也[20]。醉能同其乐，醒能述以文者，太守也。太守谓谁？庐陵欧阳修也。

---

①“环滁”三句：写滁州城四周山川形势。实际上滁州只是西南有丛

山，讲“环滁皆山”，恐怕是由于古代树林荫翳，望之起伏如山。②蔚然：林木茂盛的样子。深秀：幽深秀丽。 ③琅琊：山名。据说东晋元帝为琅琊王时曾驻滁州，因以名山及溪。 ④酿泉：又名醴泉，琅琊溪源头之一。 ⑤翼然：如鸟展翅的样子。临：靠近。⑥智仙：琅琊寺僧人。 ⑦太守：自指。自谓：自己命名。 ⑧号曰醉翁：当时欧阳修才四十岁，自号醉翁，可看出他的失意。作者《赠沈遵》诗：“我时四十犹强力，自号醉翁聊戏客。” ⑨“若夫”四句：分写朝暮的景色变化。若夫：文言中承接上文引出另一层意思的虚词。林霏开：林间的雾气消散。岩穴暝：山岩洞穴都暗下来了。晦明变化：早晚的阴晴变化，即指上文“日出而林霏开，云归而岩穴暝”而言。 ⑩“野芳”四句：分写山间春夏秋冬四时的不同景色。 ⑪负者：挑担背物的人。 ⑫伛偻：弯腰曲背，指老年人。提携：抱着搀着，指小孩。 ⑬洌：清。 ⑭山肴：山中的野味。野蔌：野菜。 ⑮“宴酣”二句：意为宴席之欢，并不靠琴瑟箫管的助兴。 ⑯射：古代饮宴时的一种娱乐，以矢投壶中，投中者胜，败者罚酒。 ⑰弈：下棋。 ⑱觥(gōng)：牙角制的酒杯。筹：喝酒计数用的竹签。 ⑲阴翳：树木浓密成荫。 ⑳乐其乐：乐游人之乐。

翻译

环绕滁州城四面都是山，其中西南面的各个山峰，树林沟谷尤其秀美。远远望去，树木茂盛，幽深清秀的，便是琅琊山了。山路上步行六七里，渐渐便听到潺潺的流水声，在两座山峰之间倾泻出来，这便是酿泉了。峰回路转，有一个亭子的飞檐像鸟儿张开双翅，立在泉水边上，这便是醉翁亭了。建亭的是谁呢？是山上的僧人智仙。给亭子起名的是谁呢？那便是太守自己取的名。太守与客人们来到这里饮酒，略饮便醉，而年岁又最高，所以自称为“醉翁”。醉翁之意不在酒，只在于山水之间。观赏山水的乐趣，体会在心头而寄托在酒中。

若是天晴日出的时候，林间的雾气散开，黄昏云起，岩石洞穴昏暗难辨——这阴晴明暗的变化，便是山间的朝朝暮暮了。野花盛开，幽香四溢，树木挺秀，布满浓荫，风高霜洁，水落石出，这就是山间的四时变化了。早晨往游，至晚而归，四时的景象都不同，游山玩水的乐趣也无穷无尽。

至于背物挑担的人们在路上唱歌，赶路的人们在树下歇凉，前面的呼喊，后面的应答，扶老携幼，来往不绝的，那便是滁州的人游山来了。到溪边去捕鱼，溪水深，鱼儿肥；挑泉水来酿酒，泉水香，酒清冽。山中的野味野菜，多种多样排列在面前，这便是太守的宴席了。宴饮沉醉的乐趣，并非歌吹弹唱所带来。投壶的，中了目标；围棋的，赢了对手；酒筹酒杯交叉堆放，饮者或坐或站，大声说笑喊叫——这便是客人的欢乐了。苍颜白发，困倦地歪在他们中间，那便是太守醉了。

不久，夕阳挂在山边，人影纷纷散乱，宾客们随太守一同归去。树木茂密成阴，鸟声上上下下，那便是游人散尽后鸟儿的欢乐了。然而禽鸟只知山林的欢乐，而不知人的欢乐；人们只知道跟随太守游览的欢乐，而不知道太守为他们的欢乐而欢乐。喝醉了能和大家一样快乐，酒醒了能用文章描述这种快乐，那就是太守了。太守是谁？是庐陵欧阳修。

祭尹师鲁文

庆历八年(1048)作。尹洙字师鲁,是欧阳修平生的至交之一。年轻时曾一道致力于古文运动,后又共同支持范仲淹的庆历新政,可谓志同道合,肝胆相照。但师鲁的遭遇却极为坎坷,竟因遭诬而贬抑至死,死时才四十七岁,身后萧条冷落。欧阳修痛失挚友,一连写了三篇文章(除此文外,还有《尹师鲁墓志铭》《论尹师鲁墓志》),表达自己的悼惜之情。这篇祭文,词简意丰,语缓情切,尤为精心撰写之作。

维年月日[①],具官欧阳修[②],谨以清酌庶羞之奠[③],祭于亡友师鲁十二兄之灵曰[④]:嗟乎师鲁!辩足以穷万物[⑤],而不能当一狱吏[⑥];志可以狭四海[⑦],而无所措其一身[⑧]。穷山之崖,野水之滨,猿猱之窟,麋鹿之群,犹不容于其间兮,遂即万鬼而为邻[⑨]。嗟乎师鲁!世之恶子之多[⑩],未必若爱子者之众,何其穷而至此兮[⑪],得非命在乎天,而不在乎人?

方其奔颠斥逐[⑫],困厄艰屯[⑬],举世皆冤,而

语言未尝以自及；以穷至死[14]，而妻子不见其悲欣[15]。用舍进退[16]，屈伸语默，夫何能然，乃学之力。至其握手为诀[17]，隐几待终[18]，颜色不变，笑言从容。死生之间，既已能通于性命[19]；忧患之至，宜其不累于心胸。自子云逝[20]，善人宜哀；子能自达[21]，予又何悲！惟其师友之益[22]，平生之旧，情之难忘，言不可究[23]。

嗟乎师鲁！自古有死，皆归无物。惟圣与贤，虽埋不没。尤于文章，焯若星日[24]。子之所为[25]，后世师法。虽嗣子尚幼[26]，未足以付予，而世人藏之，庶可无于坠失[27]。子于众人，最爱予文，寓辞千里，侑此一樽[28]，冀以慰子[29]，闻乎不闻？尚飨。

---

① 维:发语词。 ② 具官:唐宋以来,在公文函牍或其他应酬文字上,常把应写明的官爵简写为具官。 ③ 清酌:清酒。 庶羞:多种佳肴。 ④ 十二:排行十二。 ⑤ 穷:穷尽。 ⑥ 当:抵挡。 ⑦ 狭:意动用法,以…… 为小。 ⑧ 措:安置。 ⑨ 即:靠近。 ⑩ 恶:嫉恨。 ⑪ 穷:仕途坎坷。 ⑫ 奔颠:奔走颠簸。 ⑬ 艰屯:艰难。屯:难。 ⑭ 以穷至死:关于师鲁一生的遭遇,可参看欧阳修《尹师鲁墓志铭》:“师鲁凡十年间三贬官,丧其父,又丧其兄。

有子四人,连丧其三。女一适人,亦卒。而其身终以贬死。一子三岁,四女未嫁,家无余资,客其丧于南阳不能归。” ⑮ 悲欣:偏义复词,悲伤。 ⑯ 用舍:任用、废弃。 ⑰ 握手为诀:写他临终时从容与亲友永别之状。诀:诀别。 ⑱ 隐几:凭几。 ⑲ 性命:生命。通于性命:即对生死问题有透彻理解。 ⑳ 云:语助词,无义。㉑ 达:通达,旷达。 ㉒ 益:教益。 ㉓ 究:尽意。 ㉔ 焯(zhuó):光彩照耀。 ㉕ 所为:指所写的文章。 ㉖ 嗣子:指尹朴,尹洙死时他才三岁。 ㉗ 庶:大约。坠失:失传。 ㉘ 侑:劝。 ㉙ 冀:希望。

翻译

某年某月某日,具官欧阳修,谨以清酒佳肴的奠仪,在亡友师鲁十二兄的灵前祭告:啊!师鲁,你辩论的才能足以穷尽万物的源流,却抵挡不住一名狱吏对你的诬害。你的志向远大,可以包容四海,却无法在人世间容身。穷山崖畔,野水岸边,猿猱洞窟,麋鹿群中,仍容不得你存身,于是到黄泉之下与万鬼为邻。啊,师鲁,世上憎恨你的人不少,但未必像爱你的人那样众多,怎么就穷困潦倒到这种地步,莫非一个人穷达富贵的命运在于天,而不在于人吗?

当你奔走颠簸,被斥责贬逐,处于困难艰危境地时,全社会的人都认为你蒙冤受屈,但你言语之间从未提到过自己。最后在郁郁不得志的情况下死去,而妻子儿女从不见你为此悲戚。不论任用、废弃、进升、退黜，你都能屈伸自如，敢谏诤也能沉默。怎么能够这样呢？这是你努力学习，加强修养的结果。到你与人握手诀别，靠着床几等死，你仍然脸不变色，谈笑说话从容不迫。在生与死的问题上，你既已能透彻理解人的性命；那么，当忧患到来的时候，就难怪你不把它放在心上了。自从你去世以后，善良的人们自然都感到悲痛。但你既能达观脱俗，我又有什么好悲伤的呢？只是师友之间的教益，平生的交往，这种难忘的情谊，不是语言所能尽述的。

啊，师鲁！自古以来，人都是要死的，死了便无痕迹，只有圣人与贤人，即使死了，也不会消逝，尤其是他们的文章，光芒闪耀像星星与太阳一样。你所写下的文章，足可以作为后人学习的榜样。即使你的儿子尚年幼，还不能交付给他，但有世人替你收藏，一定不会失传的。你生前在众多的文士中，最喜爱我的文章，特在千里之外，写下这篇小文，劝你一杯清酒，希望能够安慰你的灵魂，不知你听不听得到？尚飨。

真州东园记

皇祐三年(1051)作。真州州治在江苏仪征,宋时繁华几乎可与扬州媲美。文章记叙真州东园营建的缘起和景物的变化。作者并未实到其地,只是凭图作记,善从虚处生情;叙今日园林之美,一一倒叙未有园林前之荒芜,情韵倍增;语言秾丽典雅,连用二十余个"之"字,是一篇颇事雕琢的园林记。

真为州[①],当东南之水会[②],故为江淮、两浙、荆湖发运使之治所[③]。龙图阁直学士施君正臣[④]、侍御史许君子春之为使也[⑤],得监察御史里行马君仲途为其判官[⑥]。三人者乐其相得之欢,而因其暇日,得州之监军废营以作东园[⑦],而日往游焉。

岁秋八月[⑧],子春以其职事走京师,图其所谓东园者来以示予曰:"园之广百亩,而流水横其前[⑨],清池浸其右[⑩],高台起其北。台,吾望以拂云之亭;池,吾俯以澄虚之阁;水,吾泛以画舫之舟;敞其中以为清宴之堂,辟其后以为射宾之圃[11]。芙蕖芰荷之的历[12]，幽兰白芷之芬芳，与夫佳花美木列植而交荫，此前日之苍烟白露而荆棘也；高甍巨桷[13]，水光日景[14]，动摇而下上，其宽闲深靓[15]，可以答远响而生清风，此前日之颓垣断堑而荒墟也；嘉时令节，州人士女啸歌而管弦，此前日之晦冥风雨、鼪鼯鸟兽之嗥音也[16]。吾于是信有力焉[17]。凡图之所载，盖其一二之略也。若乃升于高以望江山之远近，嬉于水而逐鱼鸟之沉浮，其物象意趣，登临之乐，览者各自得焉。凡工之所不能画者，吾亦不能言也。其为我书其大概焉[18]。”

又曰：“真，天下之冲也[19]，四方之宾客往来者，吾与之共乐于此，岂独私吾三人者哉[20]？然而池台日益以新，草树日益以茂，四方之士无日而不来，而吾三人者有时而皆去也，岂不眷眷于是哉？不为之记，则后孰知自吾三人者始也？”

予以谓三君子之材贤足以相济[21]，而又协于其职[22]，知所后先，使上下给足[23]，而东南六路之人无辛苦愁怨之声[24]；然后休其余闲，又与四方贤士大夫共乐于此。是皆可嘉也，乃为之书。

庐陵欧阳修记。

① 真为州：真州原为迎銮镇，大中祥符六年(1013)升为州。 ② 水会：水上交通的总汇。 ③ 发运使：负责漕运米粟的官员。宋初置江淮水陆发运使于开封，其后于江南、淮南、两浙、荆湖诸路亦置发运使，庆历七年诏发运使署设在真州。 ④ 施君正臣：施昌言字正臣，通州静海(今天津)人，举进士高第，历典州郡，能任繁巨。曾为江淮发运使。《宋史》有传。 ⑤ 许君子春：许元字子春，宣城(今属安徽)人，以父荫得官。以范仲淹荐，为江淮制置发运判官，朝廷认为他胜任此职，升副使、使，特赐进士出身，迁侍御使。 ⑥ 马君仲途：马遵字仲途，饶州乐平(今属江西)人，以监察御史为江淮发运判官，就迁殿中侍御史，为副使。 ⑦ 监军：唐和五代都用宦官作监军使。 ⑧ 岁：指皇祐三年(1051)。 ⑨ 前：古代官署建筑朝南，所以前即为南。 ⑩ 右：西。 ⑪ 射宾之圃：宋代园囿中多设射圃，作为主人习射娱乐的场所。 ⑫ 芙蕖芰荷：皆指荷花。的历：鲜明绚丽貌。 ⑬ 甍：屋脊。桷：方的椽子。 ⑭ 景：同“影”。 ⑮ 靓：通“静”。 ⑯ 晦冥：昏暗。鼪鼯：黄鼠狼。 ⑰ 吾于是信有力焉：意为我从园的建成相信人有能力改变环境。 ⑱ 书：描写。 ⑲ 冲：要冲，交通枢纽。 ⑳ 私：满足私欲。 ㉑ 相济：相辅而成事。 ㉒ 协：协同，协调。 ㉓ 给足：充足。 ㉔ 东南六路：指江南东路、江南西路、荆湖南路、荆湖北路、淮南路、两浙路。路：宋代州、县之上的一级行政建置。

翻译

真州作为一个州郡，位置正处于东南水运交通的枢纽地带，因此成为江淮、两浙、荆湖发运使的治所。龙图阁直学士施正臣、侍御史许子春任发运使时，恰好监察御史里行马仲途担任他们的判官。三个人为他们能在一起而高兴。他们趁着空闲的日子，寻得真州废弃的监军营地而修筑东园，每日前往游赏。

本年秋八月，子春因公事来到都城，特将他们所建的东园画成图卷带给我看，说："这个园宽有百亩，有流水横在它的前面，清池浸润在它的右面，高台建在它的北面。台上，我们筑起了可供登高望远的拂云亭；池边，我们建起了可供俯视清波的澄虚阁；水中，我们造起了浮波逐浪的画舫。园中空地筑起清宴堂，后园则开辟了一个习射娱宾的园圃。满池荷花绚丽夺目，幽兰白芷芬芳扑鼻，还有佳花美木种植成行，浓荫交织，而过去这里却是苍烟白露、荆棘丛生的地方。屋脊高耸，桷子粗大，水光日影，上下摇动，厅堂宽敞幽静，回声悠长，清风习习，而从前这里却是颓墙破壁，深沟断堑的荒凉废墟。遇上天气晴朗，或是逢年过节的时候，真州的文士美女便来游赏，弹琴吹笛，尽情吟唱，而过去碰到风雨阴沉的日子，这里只有鼪鼯鸟兽的嗥叫声。我因此才深信人力是可以改变环境的啊！这图里所画的只是全部景物的十分之一二罢了。至于登高遥望江山的远近，戏水追逐鱼鸟的沉浮，那么自然景物的形象意趣，登高临水的欢乐，观赏的人便各有会心了。凡是画工画不出来的东西，我也就无法叙述了。请您为我们描写出个大概的情形来吧。”

子春又说：“真州，天下的交通要冲，四面八方的宾客来往不绝，都可以和我们在这里同游乐，岂止我们三人独自享受呢？然而池水楼台日益修葺更新，花草树木日益繁茂妍丽，四方的人士无日不来，而我们三人总有一天都要离去的，怎能不眷恋于此呢！如果不为这园写一篇记，那么后来的人谁知道是我们三人创建的呢？”

我认为这三个人才能足以互相辅助成就大事，对他们所负职责又能同心协力，懂得政事的轻重缓急，使上上下下都供应丰足，东南六路的百姓也没有辛苦愁怨的叹息之声。然后才在空闲时间休息，和四方的贤士大夫在园中共同游乐。这都是值得称赞的事，于是我为他们写下这篇文章。

庐陵欧阳修记。

苏氏文集序

皇祐三年(1051)作。苏舜钦(1008—1048),字子美,参知政事苏易简之孙,绵州盐泉(今四川绵阳)人,生于开封。景祐元年(1034)进士。庆历四年(1044)以范仲淹荐,为集贤校理、监进奏院。因岳父杜衍和荐者范仲淹推行新政,为人倾陷,被劾除名,寓居苏州沧浪亭,郁郁而死。工诗文,与梅尧臣齐名,世称“苏梅”,是北宋诗文革新运动的代表人物之一。本文对苏舜钦的不幸遭遇寄予了深切的同情,对迫害苏舜钦的朝廷大臣作了委婉的指责,高度评价了他的诗文成就及其在诗文革新运动中的贡献,阐明了宋初诗文风格的演变过程。全文“沉著痛快,足为子美舒其愤懑”(刘大魁语,见《古文辞类纂》卷八)。

予友苏子美之亡后四年[①],始得其平生文章遗稿于太子太傅杜公之家[②],而集录之以为十卷[③]。

子美,杜氏婿也,遂以其集归之,而告于公曰:“斯文,金玉也,弃掷埋没粪土,不能销蚀。其见遗于一时,必有收而宝之于后世者。虽其埋

没而未出，其精气光怪已能常自发见，而物亦不能掩也[④]。故方其摈斥摧挫，流离穷厄之时，文章已自行于天下，虽其怨家仇人，及尝能出力而挤之死者，至其文章，则不能少毁而掩蔽之也。凡人之情，忽近而贵远，子美屈于今世犹若此，其伸于后世宜如何也。公其可无恨[⑤]。”

予尝考前世文章政理之盛衰，而怪唐太宗致治几乎三王之盛[⑥]，而文章不能革五代之余习[⑦]，后百有余年，韩、李之徒出[⑧]，然后元和之文始复于古[⑨]。唐衰兵乱，又百余年而圣宋兴，天下一定，晏然无事，又几百年[⑩]，而古文始盛于今。自古治时少而乱时多，幸时治矣，文章或不能纯粹，或迟久而不相及[⑪]。何其难之若是欤？岂非难得其人欤？苟一有其人[⑫]，又幸而及出于治世，世其可不为之贵重而爱惜之欤[⑬]？嗟吾子美，以一酒食之过[⑭]，至废为民而流落以死。此其可以叹息流涕，而为当世仁人君子之职位宜与国家乐育贤材者惜也[⑮]！

子美之齿少于予[⑯]，而予学古文反在其后。天圣之间，予举进士于有司，见时学者务以言语声偶相擿裂，号为时文，以相夸尚[⑰]。而子美独与其兄才翁及穆参军伯长[18]，作为古歌诗杂文，时人颇共非笑之，而子美不顾也。其后天子患时文之弊，下诏书讽勉学者以近古，由此其风渐息，而学者稍趋于古焉[19]。独子美为于举世不为之时，其始终自守，不牵世俗趋舍[20]，可谓特立之士也[21]。

子美官至大理评事、集贤校理而废[22]，后为湖州长史以卒[23]，享年四十有一。其状貌奇伟，望之昂然而即之温温[24]，久而愈可爱慕。其材虽高，而人亦不甚嫉忌，其击而去之者，意不在子美也。赖天子聪明仁圣，凡当时所指名而排斥，二三大臣而下，欲以子美为根而累之者[25]，皆蒙保全，今并列于荣宠。虽与子美同时饮酒得罪之人[26]，多一时之豪俊，亦被收采，进显于朝廷。而子美独不幸死矣，岂非其命也？悲夫！

庐陵欧阳修序。

---

① 亡后四年：苏舜钦卒于庆历八年(1048)，下推四年，可知此文作于皇祐三年(1051)。 ② 杜公：杜衍(978—1057)，字世昌，越州山阴(今浙江绍兴)人，苏钦舜的岳父，庆历四年任宰相，推行新政，不久罢去，皇祐元年(1049)进爵太子太傅。 ③ 十卷：今本《苏学士文

集》为十六卷。 ④“虽其”三句：言苏文有如龙泉太阿之剑，其精光是掩盖不住的。此处暗用《晋书·张华传》中的典故：张华见牛斗二星之间常有紫气，雷焕说有宝剑之光发自丰城，遂派雷焕为丰城令，掘得龙泉、太阿二剑。 ⑤ 恨：遗憾。 ⑥ 怪：感到奇怪。三王：指夏禹、商汤、周文王。 ⑦ 五代：指宋、齐、梁、陈、隋。余习：指五代时沿袭下来的不正之文风。 ⑧ 韩、李之徒：韩愈、李翱等人。 ⑨ 元和：唐宪宗年号（806—820）。复于古：恢复先秦两汉的文风。 ⑩ 几：几乎，将近。从宋建立到欧阳修写此文时九十二年。 ⑪“或迟”句：意谓文章兴盛时期往往迟于太平盛世，很久都赶不上。 ⑫ 苟：假如。 ⑬ 贵重：珍贵重视。 ⑭ 酒食之过：指苏舜钦掌进奏院时，按例用卖库房拆封废纸的钱备办酒席宴客，并召乐伎侑酒，被诬以监守自盗，革职为民，同时得罪逐出者十余人，这实际上是反对派借机打击主持新政的杜衍和范仲淹。 ⑮“而为”句：意谓对于苏舜钦之死，应替当世仁人君子中担负培育人才责任的人们感到痛惜。言外之意是指责这些人的失职，他们本应培育人才，但有了人才却加以摧残。 ⑯ 齿：年龄。 ⑰“天圣”五句：言仁宗天圣年间，西昆体流行，士子崇尚骈俪文风。言语声偶擿裂：指当时的文风专门注重声律、对偶，摘取古书典故。擿（tī）：剔取割裂。时文：指当时流行的骈体文，亦称四六文。 ⑱ 才翁：苏舜钦之兄苏舜元，字才翁。穆参军伯长：穆修，字伯长，郓州（今山东郓城）人，曾任泰州司理参军。 ⑲“其后”四句：指宋仁宗于天圣七年、明道二年、庆历四年多次下诏礼部戒除时文之弊，文风渐见好转。 ⑳ 不牵世俗趋舍：不受当时一般风气的影响。牵：牵连。趋舍：追求和舍弃。 ㉑ 特立：突出而与众不同。 ㉒ 大理评事：大理寺属官，为正八品。集贤校理：集贤院属官，掌校勘典籍。 ㉓ 湖州长史：苏舜钦庆历四年革职，寓居苏州，二年后被任命为湖州长史。长史：散官名，无实际职掌，多以犯有过失的官员充任。 ㉔ 即：靠近。温温：温和。 ㉕“欲以”句：想沿着苏舜钦这条线而牵连到的人，指杜衍、范仲淹等。 ㉖ 同时饮酒得罪之人：指王洙、王益柔、吕溱、宋敏求、蔡襄、刁约等人，贬官后不久皆陆续复职。

翻译

我的朋友苏子美死后四年，我才从太子太傅杜公的家里得到他平生所作文章的遗稿，并将他们集录成十卷。子美是杜家的女婿，所以将他的文章又送回给杜家，并对杜公说："这些文章像黄金宝玉一样，将它丢弃埋没在粪土里面也不会销蚀。一段时间里被人遗弃，也定会有人将它收集起来当作宝藏留给后人的。即使这些文章被埋没而未流传于世，但它本身所蕴蓄的精气光彩已常常自行散发出来，这是他物所不能掩盖得住的。因此，当他被排斥打击，遭受挫折，流离困窘的时候，他的文章已自行流传于天下。尽管是他的冤家仇人，以及曾经出力要将他置于死地的人，对他的文章也不能稍加毁损，将它掩蔽起来。人的常情，一般都是轻视眼前而看重远古，子美现在遭受冤屈，文章尚且能够得到如此重视，那么将来正义伸张时他的文章的影响将会怎样呢！杜公您完全用不着有什么遗憾。"

我曾经考察过前代文章与政治的盛衰，感到奇怪，唐太宗治理天下几乎与夏禹、商汤、周文、武王时代一样兴盛，而当时的文章却不能革除宋、齐、梁、陈、隋五代遗留下来的不良风气。过了一百多年之后，韩愈、李翱等在文坛上崛起，元和年间的文章才恢复古风。唐朝衰落，社会动乱，又过了一百多年，圣明的宋朝兴起，天下统一安定，太平无事，又过了将近百年，古文才开始在今天盛行。自古以来，天下大治的时候少，大乱的时候多，幸而碰上大治的时候，文章或不能纯粹，或者迟迟赶不上政治的兴盛。怎么这样艰难啊！莫非是很难出现能扭转文风的人吗？假如有了这样的人，又幸而出生在太平盛世，社会能不对他珍贵重视爱惜吗？可惜我们的子美，就因为一次饮酒的过失，竟被罢官废为平民，而流落至死。这真令人叹息流涕，而替那些担负培育贤才职责的仁人君子感到痛惜！

子美年龄比我小，但我学作古文反而在他之后。天圣年间，我参加礼部主持的进士考试，看见当时的学者一味讲究声律对偶，割裂经传，摘取典故，拼凑成篇，并把这些称作时文，以此互相标榜夸耀。但子美却与他的哥哥才翁及参军穆伯长一起创作古诗歌与杂文，社会上的人纷纷嘲笑和非难他们，然而子美却置之不顾。后来，天子忧虑时文的弊端，下诏书劝勉学者要向古文学习，这样，文坛上不正的风气才渐渐平息，学者的文风才渐渐接近于古文。只有子美作古文于全社会都不作之时，并自始至终坚持，不受世俗风尚的影响，真可说是独立杰出的人才。

子美官至大理评事、集贤校理，便被废为平民，后被任命为湖州长史而去世，享年才四十一岁。子美的状貌奇特魁伟，看起来气宇轩昂，而与他接近，便觉得他态度很温和，与他相处越久，越觉得他令人喜欢和敬慕。他的才学虽然很高，但旁人也不怎么嫉恨他。那些要打击他、迫害他离开朝廷的人，其实真正的用意并不是针对他的。靠天子的圣明，凡是当时的政敌想要以子美为线索而牵连进来、指名道姓要排斥打击的两三位大臣以下的那些人，都获得保全，现在都并列于荣耀宠信的地位。即使同时因饮酒获罪的那些人，多是当时豪杰英俊之士，也都被收罗任用，在朝廷上显贵扬名。独独子美却不幸死去，莫非这一切都是命中注定的吗？真是可悲啊！

庐陵欧阳修序。

五代史伶官传序

庆历、皇祐间作。伶官，指供奉内廷、授有官职的伶人。《五代史·伶官传》记载后唐庄宗宠幸的伶官景进、史彦琼、郭从谦等败乱国政的史实。本文则是为《伶官传》写的序言，分析了唐庄宗兴盛和败亡的原因，说明“忧劳可以兴国，逸豫可以亡身”“祸患常积于忽微，而智勇多困于所溺”的道理，并强调了人事对兴亡的作用。欧阳修坚持文以载道的观点，所以在写《五代史》时，往往通过序论，寄托对历史兴亡的见解和感慨。明朝古文家茅坤评论道：“此等文章，千年绝调。”清朝文学家沈德潜也说：“抑扬顿挫，得《史记》神髓，《五代史》中第一篇文字。”

呜呼！盛衰之理，虽曰天命，岂非人事哉！原庄宗之所以得天下[①]，与其所以失之者，可以知之矣。

世言晋王之将终也[②]，以三矢赐庄宗而告之曰：“梁[③]，吾仇也；燕王[④]，吾所立；契丹与吾约为兄弟[⑤]，而皆背晋以归梁。此三者，吾遗恨

也。与尔三矢[6]，尔其无忘乃父之志[7]！”庄宗受而藏之于庙，其后用兵，则遣从事以一少牢告庙[8]，请其矢，盛以锦囊[9]，负而前驱，及凯旋而纳之[10]。

方其系燕父子以组[11]，函梁君臣之首[12]，入于太庙，还矢先王，而告其成功，其意气之盛，可谓壮哉！及仇雠已灭，天下已定，一夫夜呼，乱者四应[13]，仓皇东出[14]，未及见贼而士卒离散[15]，君臣相顾，不知所归，至于誓天断发，泣下沾襟[16]，何其衰也！岂得之难而失之易欤？抑本其成败之迹[17]，而皆自于人欤？

《书》曰：“满招损，谦得益[18]。”忧劳可以兴国[19]，逸豫可以亡身[20]，自然之理也。故方其盛也，举天下之豪杰，莫能与之争；及其衰也，数十伶人困之[21]，而身死国灭，为天下笑。夫祸患常积于忽微，而智勇多困于所溺，岂独伶人也哉！作《伶官传》。

---

① 原：推究。庄宗：后唐庄宗李存勗，他于公元 923 年灭掉后梁，建立后唐。 ② 晋王：指庄宗的父亲李克用，唐末割据山西一带。

③ 梁：指后梁太祖朱全忠。朱全忠曾设计杀李克用，两人结下仇怨。 ④ 燕王：指刘仁恭、刘守光父子。朱全忠于开平三年（909）封刘守光为燕王。在此之前，刘仁恭曾投靠晋王李克用，故李云“吾所立”。刘守光封燕王时李克用已死，故“燕王”一词系作者所称。⑤ 契丹：即辽。辽太祖耶律亿曾与李克用会盟，约为兄弟，共举兵击梁，后反而约梁举兵灭晋。 ⑥ 矢：箭。 ⑦ 乃父：你的父亲。⑧ 从事：官名，指属吏。少牢：以一猪一羊作祭品称少牢。 ⑨ 锦囊：丝织的袋子。 ⑩ 纳之：收藏起来。 ⑪ 系：捆绑。组：丝编的绳索。庄宗于 914 年攻克范阳，俘虏燕王刘守光及其父刘仁恭。⑫ 函：用木匣封装。庄宗于 923 年灭掉后梁，末帝朱友贞命部将皇甫麟杀死自己，皇亦自杀，李存勗遣人收葬，首级封存太庙。⑬“一夫夜呼”二句：指贝州军士皇甫晖作乱，赵太、王景戡、李嗣源等也随之叛变。 ⑭ 仓皇：慌急貌。 ⑮ 士卒离散：指庄宗往东溃退时，尚有兵二万五千，等赶到汜水，已走散一万多人。 ⑯“君臣相顾”四句：言庄宗逃亡途中，悲啼不乐，元行钦等百余人，断发自誓，上下无不悲号。 ⑰ 抑：或。本：推究。 ⑱“满招损”二句：语出《尚书·虞书·大禹谟》，意为自满就会招致失败，谦虚就能取得成功。 ⑲ 忧劳：忧虑劳困。 ⑳ 逸豫：安逸享乐。 ㉑“数十”句：唐庄宗喜爱音乐，多养伶人，并授以官职，使他们擅作威福。从马直指挥使郭从谦即从伶人进身得官。公元 926 年，他乘庄宗众叛亲离之际，率军作乱，庄宗中流矢死。

翻译

啊，国家盛衰之事，虽说是由于天命的主宰，难道就不是人事的作用吗？推究后唐庄宗所以取得天下，以及又失去天下的原因，就可以知道了。

人们传说，晋王李克用快要死的时候，用三支箭赐给他的儿子李存勖，告诉他说："梁朝，是我的仇敌；燕王，是我帮他建立的政权；契丹原先与我约为兄弟，但都背叛了我们归附梁朝。这三件事，是我终身的遗恨。给你三支箭，你不要忘了你父亲的志愿。"庄宗接受了这三支箭，把它们珍藏在太庙里。以后用兵，即派遣从事官备下少牢祭品到太庙祷告，请出箭来，装在锦囊里，背着走在队伍的前面，到战胜归来才又送往太庙收藏。

当庄宗用丝绳捆绑燕王父子，用木匣封装梁朝君臣的首级，送进太庙，祭拜祖先，把箭供在先王的灵前，向他报告大功告成的时候，那意气的旺盛，可说是豪壮极了。及到仇人已经消灭，天下已经平定，一个晚上一人振臂而呼，叛乱的人便四方响应，庄宗仓促向东逃走，还未遇见敌军，队伍已经溃散，君臣你看我，我看你，不知该往何处去，以至于割下头发，向天发誓，眼泪打湿了衣襟，这又是多么衰弱啊！难道是得天下艰难而失天下容易吗？推究他成败的轨迹，恐怕都是由于人事吧。

《尚书》里说："自满常招致损失，谦虚就获得益处。"忧虑劳苦能使国家兴盛，安逸享乐能使自己身亡，这是自然的道理。所以当庄宗正在强盛的时候，整个天下的英雄豪杰都不能与他抗争；到他衰败的时候，几十个乐工围着他，导致身死国灭，被天下人耻笑。祸患常常是从细小的疏忽中积累起来的，而智勇的人多被自己溺爱的事物弄得一筹莫展，岂止是伶人吗？为此作《伶官传》。

送徐无党南归序

至和元年(1054)作。徐无党,婺州东阳永康(今浙江永康)人,曾从欧阳修学习古文,皇祐中登进士第,曾为欧阳修纂的《五代史》作过注。“送……序”属赠序文,老子说“君子赠人以言”,是一种“致敬爱,陈忠告”的文体。本文正是一篇“陈忠告”的文章。欧阳修毕生致力于文学,但他却不把文章看得最重要,对“勤一世尽心于文字间”不以为然,认为更重要的是立功,尤其是立德,因此时时以此自警并勉励后学。文章抑扬顿挫,反复慨叹,具有较强的感染力。

草木鸟兽之为物,众人之为人,其为生虽异,而为死则同,一归于腐坏、澌尽、泯灭而已[①]。而众人之中有圣贤者,固亦生且死于其间,而独异于草木鸟兽众人者,虽死而不朽,愈远而弥存也[②]。其所以为圣贤者,修之于身,施之于事,见之于言,是三者所以能不朽而存也[③]。

修于身者,无所不获;施于事者,有得有不得焉;其见于言者,则又有能有不能也。施于事

矣，不见于言可也。自《诗》《书》《史记》所传[④]，其人岂必皆能言之士哉？修于身矣，而不施于事，不见于言，亦可也。孔子弟子有能“政事”者矣，有能“言语”者矣[⑤]。若颜回者[⑥]，在陋巷，曲肱饥卧而已[⑦]，其群居则默然终日如愚人。然自当时群弟子皆推尊之，以为不敢望而及[⑧]，而后世更千百岁亦未有能及之者[⑨]。其不朽而存者，固不待施于事，况于言乎！

予读班固《艺文志》、唐《四库书目》[⑩]，见其所列，自三代、秦、汉以来，著书之士多者至百余篇，少者犹三四十篇，其人不可胜数，而散亡磨灭，百不一二存焉[⑪]。予窃悲其人，文章丽矣，言语工矣，无异草木荣华之飘风，鸟兽好音之过耳也。方其用心与力之劳，亦何异众人之汲汲营营[⑫]？而忽焉以死者，虽有迟有速，而卒与三者同归于泯灭[⑬]。夫言之不可恃也盖如此[⑭]。今之学者，莫不慕古圣贤之不朽，而勤一世以尽心于文字间者，皆可悲也。

东阳徐生，少从予学为文章，稍稍见称于人[⑮]。既去而与群士试于礼部[⑯]，得高第[⑰]，由是知名。其文辞日进，如水涌而山出。予欲摧其盛

气而勉其思也，故于其归，告以是言。然予固亦喜为文辞者，亦因以自警焉。

---

① 一：全，都。澌尽：消尽。 ② 弥：意思与“愈”同，更加。 ③“修之”四句：即指立德、立功、立言，古人以此作为不朽的条件。 ④《诗》：《诗经》。《书》：《尚书》。这里举三种书以代表古代记事的典籍。所传：所传述的人物。 ⑤“孔子”二句：据《史记·仲尼弟子列传》载，孔子弟子分四类，一为德行，如颜渊等人；二为政事，如季路等人；三为言语，如子贡等人；四为文学，如子游等人。 ⑥ 颜回：即颜渊。《论语·雍也》：“子曰：贤哉回也，一箪食，一瓢饮，在陋巷，人不堪其忧，回也不改其乐。” ⑦ 曲肱：弯起胳膊当枕头。 ⑧ 不敢望而及：《论语·公冶长》：“子谓子贡曰：‘汝与回也孰愈（胜）？’对曰：‘赐也何敢望回！回也闻一知十，赐也闻一知二。’” ⑨ 更：历经。 ⑩ 班固《艺文志》：即《汉书·艺文志》。唐《四库书目》：唐代把图书分经、史、子、集四库收藏，并修有目录，如《开元四库书目》等。 ⑪ 百不一二：不到百分之一二。 ⑫ 汲汲营营：心情急切地奔走营求。 ⑬ 三者：指草木、鸟兽、众人。 ⑭ 恃：依仗，凭借。 ⑮ 见称：被称赞。 ⑯ 礼部：尚书省六部之一，宋代主持进士试。 ⑰ 高第：名列前茅，指中甲科。

翻译

草木鸟兽作为生物，一般人作为人，当他们活着的时候，虽然有差别，但死后却是相同的，都一样的走向腐烂、化掉、消灭而已。在众多的人群中，有圣人贤人，虽然也在他们中间出生和死亡，唯独区别于草木鸟兽和一般人的，是虽然死去却能永垂不朽，时代愈久远，便愈有存在的价值。他们所以能够成为圣贤，在于他们个人自身的道德修养，平生所干的事业，以及传世的言论著作，这三件是使他们不朽而长存的重要原因。

加强自身修养，必定有所收获；平生所干的事业，有成功有不成功；至于个人的言论著作，则有的能做，有的不能做。干出了一番事业，即使没有言论著作传世，也是可以的。像《诗经》《尚书》《史记》等所记载的那些人物，哪里都是能有著作传世的呢？加强自身的修养，即使没有干出什么事业，也没有什么著作传世，那也是可以的。孔子的弟子，有的善于为政，有的长于言谈。像颜回这样的人，居住在狭窄破烂的巷子里，弯起胳膊当枕头，饿着肚皮睡觉，与大家相处则终日默默不言，有如愚笨的人。然而从当时孔子的弟子们开始，都很推崇尊重他，认为不敢与他相比，经过千百年，也没有能够比得上他的人。他所以能不朽而长存，并不靠他干了什么事业，更何况是言论著作呢？

我读班固的《汉书·艺文志》和唐代《四库书目》，见它们所列的自夏、商、周三代和秦、汉以来的作者，他们所写的文章多的达到一百多篇，少的也有三四十篇。这样的作者不可胜数，但文章散失磨灭，能流传下来的不到百分之一二。我曾私下为这些人悲痛，他们的文章是够华丽的了，语言也够工巧的了，但却同草木的繁华随风飘散，和鸟兽的美妙声音过耳而逝，没有区别。当他们用尽心力刻苦写作的时候，又与众人的急急忙忙奔走钻营有什么不同呢？倏忽之间便死去了，虽然死得有迟有早，但终于与草木鸟兽众人同归于尽。言论著作的靠不住就是这样。现在的学者，无不羡慕古代圣贤的永垂不朽，因而一生辛勤劳苦，尽心于文字著作之间，都是很可悲的。

东阳郡的徐生，年少时跟我学习写文章，逐渐得到人们的称赞。学成离去之后，与其他读书人一起在礼部应进士考试，获得高第，因此闻名于世。他的文章日益进步，有如泉水喷涌和高山突出。我想压抑一下他那踌躇满志的盛气，勉励他深入思考，因此在他归家乡时，把这些话讲给他听。然而我也是喜欢写文章的人，因此，也以这些话来警诫自己。

秋声赋

嘉祐四年(1059)作。欧阳修已进入晚年,虽然官职不断升迁,但由于现实政治难以有所作为,时时流露出衰病无能的感叹。这篇小赋,即借对秋声秋景的渲染,抒发了伤秋叹老的情怀。文章仍沿用汉赋的问答体,但打破其滞重,骈散兼行,以散为主,轻松灵便,绘声绘色,用烘托手法状写难以捉摸的秋声,尤为巧妙,是文赋进入成熟时期的代表作品。

欧阳子方夜读书[①],闻有声自西南来者,悚然而听之[②],曰:“异哉!”初淅沥以萧飒,忽奔腾而砰湃,如波涛夜惊,风雨骤至[③]。其触于物也,𫓩𫓩铮铮,金铁皆鸣;又如赴敌之兵,衔枚疾走,不闻号令,但闻人马之行声[④]。余谓童子[⑤]:“此何声也?汝出视之。”童子曰:“星月皎洁,明河在天[⑥],四无人声,声在树间。”

余曰:“噫嘻悲哉[⑦]!此秋声也,胡为而来哉[⑧]?盖夫秋之为状也,其色惨淡,烟霏云敛;其容清明,天高日晶;其气栗冽,砭人肌骨;其意萧

条，山川寂寥[9]。故其为声也，凄凄切切，呼号愤发。丰草绿缛而争茂，佳木葱茏而可悦；草拂之而色变，木遭之而叶脱[10]。其所以摧败零落者，乃其一气之余烈[11]。

夫秋，刑官也[12]，于时为阴[13]；又兵象也[14]，于行用金[15]。是谓天地之义气[16]，常以肃杀而为心[17]。天之于物，春生秋实，故其在乐也，商声主西方之音[18]，夷则为七月之律[19]。商，伤也[20]，物既老而悲伤；夷，戮也[21]，物过盛而当杀。

嗟乎！草木无情，有时飘零；人为动物，惟物之灵。百忧感其心，万事劳其形。有动于中[22]，必摇其精[23]。而况思其力之所不及，忧其智之所不能，宜其渥然丹者为槁木[24]，黟然黑者为星星[25]。奈何以非金石之质[26]，欲与草木而争荣？念谁为之戕贼，亦何恨乎秋声[27]。”

童子莫对，垂头而睡。但闻四壁虫声唧唧，如助余之叹息。

---

① 欧阳子：作者自称。 ② 悚然：惊惧的样子。 ③“初淅沥”四句：以风声、雨声、波涛声来状写秋声。淅沥：形容雨声。萧飒：形容

风声。奔腾而砰湃：波涛汹涌声。 ④“其触”七句：再以金铁相撞、人马行军的声音来比拟秋声。鏦鏦铮铮：金铁相撞之声。衔枚：古代行军常令军士口中衔枚（状似筷子），防止喧哗。 ⑤ 童子：年幼的侍从。 ⑥ 明河：银河。 ⑦ 噫嘻：叹息声。 ⑧ 胡为：何为，即为何。 ⑨“盖夫”九句：从色、容、气、意四个不同角度，写秋天肃杀之状。栗冽：寒冷貌。砭（biān）：针刺。 ⑩“丰草”四句：意为丰茂的草树，一遇秋气马上零落。缛（rù）：繁茂。 ⑪ 一气：指秋气。余烈：余威。 ⑫ 夫秋，刑官也：周朝称司寇为秋官，掌管刑法、狱讼（见《周礼·秋官司寇》），审决死囚也在秋天（见《礼记·月令》）。⑬ 于时为阴：以阴阳配合四时，春夏属阳，秋冬属阴。《汉书·律历志上》：“春为阳中，万物以生；秋为阴中，万物以成。” ⑭ 又兵象也：古代征伐，多在秋天，故云。《汉书·律历志》：“秋治兵以狝（狩猎）。” ⑮ 于行用金：旧说秋天在五行中属金。《礼记·月令》：“某日立秋，盛德在金。” ⑯ 义气：秋气。《礼记·乡饮酒义》：“天地严凝之气，始于西南，而盛于西北，此天地之尊严气也，此天地之义气也。” ⑰ 肃杀：严酷萧瑟。 ⑱ 商声主西方之音：以宫、商、角、徵、羽五声配四时，商声属秋；以之配四方，秋声属西。 ⑲ 夷则为七月之律：以十二律（黄钟、大吕、太簇、夹钟、姑洗、中吕、蕤宾、林钟、夷则、南吕、无射、应钟）配十二月，七月为夷则（见《礼记·月令》）。又《史记·律书》：“七月也，律中夷则。夷则，言秋气之贼万物也。”⑳ 商，伤也：商、伤音同，故云。 ㉑ 夷，戮也：《太平御览》卷二十四引《释名》：“七月谓之夷则，何？夷者，伤也。则者，法也。言万物始伤被刑法也。” ㉒ 中：指心。 ㉓ 精：精神。 ㉔ 渥然：润泽的丹红色。《诗经·秦风·终南》：“颜如渥丹。” 槁木：枯槁的树木。

《庄子·齐物论》:"形固可使如槁木。" ㉕ 黟(yī)然:黑貌。星星:斑白貌。 ㉖ 非金石之质:不是坚固不坏的素质。《古诗十九首》:"人生非金石。" ㉗ "念谁"二句:言人生遭受摧残恐怕还有人事的原因,未必都可以责怪秋声。戕贼:伤害。

翻译

欧阳子夜间正在读书,听到有种声音从西南方向传来,他惊恐地听着,说:"奇怪呀!"那声音初起时淅沥而萧飒,忽然间奔腾砰湃,如夜间波涛惊起,风雨骤然来临。当它接触物体时,𨱏𨱏铮铮,像金属相撞,一齐鸣响;又如奔袭敌人的士兵,口里衔枚快跑,听不到号令,只听到人马行走的声音。我对仆童说:"这是什么声音呢?你出去看看。"仆童说:"星星月亮都很皎洁,银河横在天上,四下里都没有人声,声音在树林之间。"

我说:"噫嘻,好悲凉啊!这就是秋声啊!怎么到来的呢?大概秋天的形象是:色彩惨淡,烟雾霏霏,乌云密聚;容貌清明,天宇高朗,日色晶亮;气温寒冷,刺人肌骨;意象萧条,山川寂寥。所以秋天发出的声音,凄凄切切,呼号愤发。丰茂的草地碧绿繁盛,争着生长,美好的树木葱茏滴翠,令人喜悦;草被秋风扫过就会颜色大变,树木碰上秋风就会落叶。秋风能够摧折草木使其零落,那是因为秋气具有肃杀的余威。

秋,是伤杀万物的刑官,在时令上属于阴;它又是打仗用兵的季节,在五行中属于金。这叫做天地之间的刚烈之气,常以严酷杀伐为本心。天地对于万物，春天生长，秋天结实。表现在音乐上，五音中的商声代表西方，十二律中的夷则配在七月。商，就是伤，生命衰老了就会悲伤；夷，就是杀，生物过于繁盛就该杀灭。

啊！草木是没有感情的生物，有时也要飘零摇落；人为万物之灵，各种各样的愁苦触动他的心灵，各种各样的事情劳累他的形体，心中受到震动，精气必然摇撼。何况还要思虑担忧他力所不能及、智慧达不到的事情呢？红润的容颜变得像枯木一样苍老，浓黑的头发变成星星白发，也就理所当然了。为什么要用并非金石般坚硬的身躯去同无情的草木争荣呢？我想，到底是什么使人受到伤害，又何必去怨恨秋声呢？”

书童没有回答，垂着头瞌睡。只听见四周墙壁下虫声唧唧，好像也在帮我叹息。

梅圣俞诗集序

嘉祐六年(1061)作。梅尧臣(1002—1060),字圣俞,宣州宣城(今安徽宣城)人,是宋初一位著名诗人,诗风质朴清新,对宋诗革新起了重要作用,有人称之为宋诗的“开山祖师”。但这样一位成就很高的诗人,却长期沉沦下僚,郁郁不得志,欧公对此愤愤不平。此序通过介绍梅圣俞诗歌的成就及编集经过,上承司马迁“诗三百篇,大抵圣贤发愤之所为作也”及韩愈“欢愉之辞难工,而穷苦之言易好”的说法,提出“诗穷而后工”的观点,对后世影响很大。

予闻世谓诗人少达而多穷①,夫岂然哉?盖世所传诗者,多出于古穷人之辞也②。凡士之蕴其所有而不得施于世者,多喜自放于山巅水涯。外见虫鱼草木风云鸟兽之状类,往往探其奇怪,内有忧思感愤之郁积,其兴于怨刺,以道羁臣寡妇之所叹,而写人情之难言,盖愈穷则愈工③。然则非诗之能穷人,殆穷者而后工也。

予友梅圣俞,少以荫补为吏④,累举进士,辄

抑于有司[5]。困于州县凡十余年[6]，年今五十，犹从辟书[7]，为人之佐[8]。郁其所蓄[9]，不得奋见于事业[10]。其家宛陵[11]，幼习于诗，自为童子，出语已惊其长老[12]。既长，学乎六经仁义之说，其为文章，简古纯粹，不求苟说于世[13]，世之人徒知其诗而已。然时无贤愚，语诗者必求之圣俞；圣俞亦自以其不得志者，乐于诗而发之。故其平生所作，于诗尤多。世既知之矣，而未有荐于上者。昔王文康公尝见而叹曰[14]：“二百年无此作矣！”虽知之深，亦不果荐也[15]。若使其幸得用于朝廷，作为雅颂[16]，以歌咏大宋之功德，荐之清庙[17]，而追商、周、鲁颂之作者，岂不伟欤！奈何使其老不得志，而为穷者之诗，乃徒发于虫鱼物类、羁愁感叹之言[18]？世徒喜其工，不知其穷之久而将老也，可不惜哉！

圣俞诗既多，不自收拾。其妻之兄子谢景初惧其多而易失也[19]，取其自洛阳至于吴兴以来所作[20]，次为十卷[21]。予尝嗜圣俞诗[22]，而患不能尽得之，遽喜谢氏之能类次也[23]，辄序而藏之[24]。其后十五年，圣俞以疾卒于京师[25]，余哭而铭之[26]。因索于其家[27]，得其遗稿千余篇，并旧所藏，掇其

尤者六百七十七篇为一十五卷[28]。呜呼！吾于圣俞诗，论之详矣[29]，故不复云。

庐陵欧阳修序。

---

① 达：显达。穷：困厄。 ② 穷人：不显达，仕途不得志的人。 ③"外见"七句：就《论语·阳货》"诗可以兴，可以观，可以群。可以怨，迩之事父，远之事君，多识于草木鸟兽之名"之意加以发挥，言人的遭遇愈困厄，便愈能外接万物，内多郁积，发之于诗，便能达到兴、观、群、怨的要求。羁臣：羁旅之臣，即被贬谪者。 ④ 荫补为吏：凭父辈或祖上功德的荫庇而充任低级官吏。梅尧臣叔父梅询曾官翰林侍读学士，尧臣以此充任河南主簿。 ⑤ 抑于有司：被官府压抑，指未考上进士。 ⑥ 困于州县：长期做州县小官。 ⑦ 辟书：征辟之书，即聘书。 ⑧ 佐：辅佐，指作幕僚。 ⑨ 郁其所蓄：郁积着胸中的抱负和学问。 ⑩ 奋见：表现，发挥。 ⑪ 宛陵：今安徽宣城，世人称他为"宛陵先生"。 ⑫ 长老：长辈。 ⑬ 不求苟说于世：不迎合取悦世人。说：同"悦"。 ⑭ 王文康公：即王曙（963—1034），字晦叔，河南（今河南洛阳）人，卒谥文康，宋仁宗时官至枢密使，同中书门下平章事。 ⑮ 果荐：果真举荐。 ⑯ 雅颂：《诗经》中有风、雅、颂之分。雅，分大雅、小雅；颂有商颂、周颂、鲁颂等。这里泛指歌功颂德的作品。 ⑰ 荐之清庙：奉献给宗庙。 ⑱ 羁愁：羁旅之愁。 ⑲ 谢景初（1020—1084）：字师厚，富阳（今浙江富阳）人，谢绛子。谢绛是梅尧臣的妻兄，博学能文，尤长于诗。 ⑳ 洛阳至于吴兴：梅尧臣于宋仁宗明道元年（1032）任河南主簿，居洛阳，到宋仁

宗康定元年(1040)在吴兴任湖州监税,其间约十年。 ㉑ 次:编次,编排。 ㉒ 嗜:偏爱。 ㉓ 遽:遂,于是。 ㉔ 辄:即。序而藏之:此序今不存。 ㉕ 以疾卒于京师:嘉祐五年(1060),京师疫病流行,圣俞染病而死。 ㉖ 哭而铭之:欧阳修写有《梅圣俞墓志铭》。㉗ 索:搜求。 ㉘ 掇:择取。 ㉙“吾于”二句:欧阳修先后著有《水谷夜行寄子美圣俞》《书圣俞稿后》《梅圣俞墓志铭》和《六一诗话》等诗文著作,都论及梅圣俞的诗。

翻译

我听人说,诗人少有飞黄腾达的,多数穷愁潦倒。难道真是这样吗? 因为社会上流传的诗歌,多数出自古代那些穷困不得志的人的创作。凡是怀有远大抱负而又无法在社会上施展才能的读书人,多喜欢自由自在生活在山颠水涯之间,看到各种虫鱼草木,风云鸟兽的形状,便往往探寻那些稀奇古怪的事物;内心里有各种忧思感愤的情绪郁积,就会寄兴于诗歌的怨刺,以此抒发谪臣寡妇的感慨,描绘难以言传的人的感情,一般是愈穷困的写得愈好。既然这样,那么并不是诗歌能使人穷困,只是穷困潦倒之后诗才写得好。

我的友人梅圣俞,年少时以叔父恩荫补为官吏,但多次参加进士考试,被官府压抑,在州县担任低级职务达十多年。现在已过五十了,还要接受征聘的文书,给别人做幕僚。抱负学问积郁于胸中,不能在事业上发挥表现出来。他家住在宛陵,自幼学习做诗,在孩童时期,写出的诗句已能惊动长辈。长大之后,钻研《六经》的仁义之说，写出文章来，简朴古雅而又思想纯正，不想苟且取悦于世人，所以社会上的人只知道他善于写诗而已。然而当时的人无论贤能还是愚笨，说到作诗必定要向圣俞求教，圣俞亦乐意把自己不得志的悒郁情怀，在诗中表现出来。所以他平生的作品，以诗歌最多。世人虽然都已知道他的诗，却没有人把他的作品荐献给皇帝。以前，王文康公曾经见过他的诗并赞叹道："二百年间，都没有这样好的作品了。"虽是深为赏识，却没有认真推荐他。假如他有幸得到朝廷的任用，写出雅颂那样的作品，用以歌颂大宋的功德，奉献给太庙，以追随商颂、周颂、鲁颂的作者，岂不是伟大得很么！怎么竟使他到老不得志，专门写作困顿者的诗，徒然去描写虫鱼等物，抒发羁愁感叹的情怀呢？世人只知道他的诗成熟完美，却不知他长期穷愁潦倒而即将衰老，能不叫人惋惜吗？

圣俞写作的诗歌很多，但自己不加收集整理。他的妻兄的儿子谢景初担心他这么多的作品，容易散失，因而收集他自洛阳到吴兴的作品，编成十卷。我曾十分喜爱圣俞的诗，而遗憾不能全部收集起来，因此深喜谢景初能分类编辑整理出这样一部集子，便立即给它作序并收藏起来。之后又过了十五年，圣俞因病在京师去世，我既已哭着为他写了铭文，又向他的家人索取他的作品，获得遗稿一千多卷，连同过去所收藏的，选择其中最好的作品共六百七十七篇，编为十五卷。唉！我对于圣俞的诗，已经作过详细的论述，因此这里不再重复。

庐陵欧阳修序。

祭石曼卿文

治平四年(1067)作。曼卿名延年,宋州宋城(今河南商丘)人,《宋史》称他"为人跌宕任气节,读书通大略,为文劲健,于诗最工而善书。……与人论天下事,是非无不当"。治平四年神宗即位,欧阳修罢参知政事,以观文殿学士、刑部尚书出知亳州,此文系六月到亳州后追怀逝去二十多年的故友而作,流露出他晚年政治失意的孤独寂寞心情,盛衰之感更深,情调更为悲怆。

维治平四年七月日[1],具官欧阳修,谨遣尚书都省令史李敭至于太清[2],以清酌庶羞之奠,致祭于亡友曼卿之墓下,而吊之以文。曰:

呜呼曼卿!生而为英[3],死而为灵[4]。其同乎万物生死而复归于无物者,暂聚之形[5]。不与万物共尽而卓然其不朽者,后世之名。此自古圣贤,莫不皆然,而著在简册者[6],昭如日星[7]。

呜呼曼卿!吾不见子久矣,犹能仿佛子之平生[8]。其轩昂磊落,突兀峥嵘[9],而埋藏于地下者,意其不化为朽壤,而为金玉之精。不然,生

长松之千尺，产灵芝而九茎[10]。奈何荒烟野蔓，荆棘纵横；风凄露下，走磷飞萤。但见牧童樵叟，歌吟而上下；与夫惊禽骇兽，悲鸣踯躅而咿嘤[11]。今固如此，更千秋而万岁兮，安知其不穴藏狐貉与鼯鼪[12]？此自古圣贤亦皆然兮，独不见夫累累乎旷野与荒城[13]！

呜呼曼卿！盛衰之理，吾固知其如此，而感念畴昔[14]，悲凉凄怆，不觉临风而陨涕者[15]，有愧乎太上之忘情[16]。尚飨[17]！

---

① 治平：宋英宗（赵曙）年号。 ② 尚书都省：即尚书省，主管全国行政的官署。令史：掌文书的办事官员。李敭（yáng）：生平不详。太清：乡村名，石曼卿故乡，在今河南商丘。 ③ 英：英才。 ④ 灵：神灵。 ⑤ 暂聚之形：指身体。 ⑥ 简册：指史籍。 ⑦ 昭：光明。 ⑧ 仿佛：依稀想见。 ⑨ 轩昂：气度非凡。磊落：光明正大。突兀峥嵘：高峻挺拔。此二句形容石曼卿人品崇高，才华出众。 ⑩ 灵芝：一种菌类植物，古人认为是仙草，九茎的灵芝，更是"祥瑞"。 ⑪ "奈何"八句：写现在墓地之荒凉。走磷：磷火移动。上下：来往。与夫：以及。踯躅：徘徊。咿嘤：鸣声。⑫ 貉（hé）：狸类兽。鼯（wú）：形似松鼠。鼪（shēng）：黄鼠狼。⑬ 累累：形容坟墓层叠状。 ⑭ 畴昔：从前。 ⑮ 陨涕：掉泪。⑯ 太上：指圣人。忘情：超脱世俗情感。《世说新语·伤逝》："圣人

忘情，最下不及情。情之所钟，正在我辈。” ⑰ 尚飨：旧时祭文套语，表示希望死者来享用祭品。

翻译

治平四年七月某日，具官欧阳修，谨派尚书省令史李敭，来到太清乡，以清酒肴馔的奠仪，拜祭于亡友曼卿的墓下，并以文章凭吊说：

啊，曼卿！生时为英杰，死后为神灵。那与万物同样有生有死，而最后变得无影无踪的，是你暂时聚合在一起的形体；那不与万物同归于尽，而卓然独立永垂不朽的，是你留给后世的名声。自古以来的圣贤都是这样，而能够在史册中记载下来的，更是光辉照耀有如日月星辰。

啊，曼卿！我见不到你已经很久了，但你的音容笑貌仿佛还在眼前。你气宇轩昂，光明磊落，才华出众，估计你那埋藏在地下的形体，也不会化成腐烂的泥土，一定会化为长存的美玉精金。不然，就会生出千尺的苍松，产出九茎的灵芝。可是，怎奈这荒烟野草之中，荆棘纵横，风声凄凄，寒露晶莹，磷光闪动，萤火飞舞！只见放牛的孩子、砍柴的老人，唱着歌上上下下，还有那惊起的飞禽，恐慌的野兽，在那里哀哀飞鸣，徘徊嗥叫。现在已经是这样，再经历千秋万代以后，谁知道没有狐狸与鼯鼪之类打洞藏身？自古以来的圣贤们都是这样，难道没有看见旷野上累累的坟茔？

啊，曼卿！人生盛衰荣枯的道理，我本已知道就是这个样子，但感伤怀念过去的日子，心中难免悲凉凄怆，不觉临风泪下，愧对那些达观忘情的高人。尚飨！

六一居士传

熙宁三年(1070)作。欧阳修时六十四岁,因在青州任上与执政不合,是年改知蔡州。作者沉浮宦海数十年,“轩裳珪组劳吾形于外,忧患思虑劳吾心于内”,现在年高体衰,仍须仆仆道途,确实厌倦已极,去志更决。此文极力渲染退居之乐,是求退心情的自然流露。

六一居士初谪滁山,自号醉翁[①]。既老而衰且病,将退休于颍水之上[②],则又更号六一居士。

客有问曰:“六一,何谓也?”居士曰:“吾家藏书一万卷,集录三代以来金石遗文一千卷[③],有琴一张,有棋一局,而常置酒一壶。”客曰:“是为五一尔,奈何?”居士曰:“以吾一翁,老于此五物之间,是岂不为六一乎?”客笑曰:“子欲逃名者乎,而屡易其号?此庄生所诮畏影而走乎日中者也[④]。余将见子疾走大喘渴死,而名不得逃也!”居士曰:“吾固知名之不可逃,然亦知夫不必逃也;吾为此名,聊以志吾之乐尔[⑤]。”客曰:“其乐如何?”居士曰:“吾之乐可胜道哉!

方其得意于五物也，太山在前而不见，疾雷破柱而不惊[6]；虽响九奏于洞庭之野[7]，阅大战于涿鹿之原[8]，未足喻其乐且适也。然常患不得极吾乐于其间者，世事之为吾累者众也。其大者有二焉，轩裳珪组劳吾形于外[9]，忧患思虑劳吾心于内，使吾形不病而已悴，心未老而先衰，尚何暇于五物哉？虽然，吾自乞其身于朝者三年矣[10]，一日天子恻然哀之，赐其骸骨[11]，使得与此五物偕返于田庐，庶几偿其夙愿焉。此吾之所以志也。”客复笑曰：“子知轩裳珪组之累其形，而不知五物之累其心乎？”居士曰：“不然，累于彼者已劳矣，又多忧；累于此者既佚矣[12]，幸无患。吾其何择哉！”于是与客俱起，握手大笑曰：“置之[13]，区区不足较也[14]。”

已而叹曰：“夫士少而仕，老而休，盖有不待七十者矣[15]，吾素慕之，宜去一也。吾尝用于时矣[16]，而讫无称焉[17]，宜去二也。壮犹如此，今既老且病矣，乃以难强之筋骸，贪过分之荣禄，是将违其素志而自食其言[18]，宜去三也。吾负三宜去[19]，虽无五物，其去宜矣，复何道哉！”

熙宁三年九月七日，六一居士自传。

① 自号醉翁:庆历六年(1046)欧阳修贬知滁州,自号醉翁。 ② 颍水之上:指颍州。欧阳修皇祐元年(1049)贬知颍州,爱其西湖风景,决定晚年退居于此。 ③ 金石遗文:指欧阳修《集古录》中所收的金石拓本。 ④ 庄生:庄子。《庄子·渔父》:"人有畏影恶迹而去之走者,举足愈数而迹愈多,走愈疾而不离身,自以为尚迟,疾走不休,绝力而死。" ⑤ 志:记,标志。 ⑥"太山"二句:意谓心有专注,不闻外物。语本《鹖冠子·天则》:"一叶蔽目,不见泰山;两耳塞豆,不闻雷霆。" 太山:即泰山。 ⑦"虽响"句:相传舜在洞庭奏九韶之乐。九奏:即九韶。语见《庄子·至乐》。 ⑧"阅大"句:《史记·五帝本纪》记黄帝与蚩尤大战于涿鹿。涿鹿:地名,在今河北省。 ⑨ 轩裳珪组:车马、服饰、印信、绶带(系印之带),借指官场事物。 ⑩ 乞其身:要求退休。 ⑪ 赐其骸骨:指准于退休。 ⑫ 佚:同"逸",安逸。 ⑬ 置之:放在一边。 ⑭ 区区:形容事小。 ⑮ 有不待七十者矣:《礼记·檀弓》:"七十不俟朝。" 俟朝:等待朝见,指做官。⑯ 吾尝用于时:指任枢密副使、参知政事,得皇帝信任。 ⑰ 讫无称:终于不能有所建树,为人称道。 ⑱ 自食其言:欧阳修五十二岁任翰林学士时,曾和韩绛、王珪等相约五十八岁退休,现已过限,故云。 ⑲ 负:具有。

翻译

六一居士最初被贬谪到滁州,自号"醉翁"。现在既年老体衰且又多病，将要退休到颍水之滨居住了，则又改称“六一居士”。

有客人问：“‘六一’，这是什么意思？”

居士回答：“我家里藏书有一万卷，集录夏、商、周三代以来金石遗文一千卷，有琴一张，有棋一局，而经常置酒一壶。”

客人说：“这只能算是‘五一’罢了，怎么说‘六一’呢？”

居士答：“加上我这一白发老翁，要在这五样东西中间生活到老，这不就是‘六一’了吗？”

客人笑着说：“你是希望摆脱名气，而不断改变自己的名号，这就是庄子所讥笑的害怕影子却跑到太阳底下去。我将会看见你因快跑累得气喘口渴而死去，然而名气还是不可能逃避掉啊！”

居士答：“我本也知道名是不可逃的，然而我也知道名不必逃。我起‘六一居士’这个号，姑且用以表示我个人的乐趣罢了。”

客人问：“怎么个乐法呢？”

居士答：“我的乐趣能说得尽吗！当我在这五样东西的把玩欣赏中得意忘情的时候，泰山挡在前面也看不见，迅猛的雷电劈碎柱子也不震惊；虽然听着洞庭湖原野上奏起的虞舜时代的九韶音乐，观看黄帝和蚩尤在涿鹿大战，也比不上我在这五物中获得乐趣和舒适。然而常常担心不能在这五物中尽情享受乐趣，是因为世事对我的拖累太多了。其中最大的有两件：官府的车马、服饰、符印、绶带从外面劳累我的身体，忧患思虑从里面煎熬我的心灵，致使我从外形上看虽没有病但人已憔悴，心力未老而先已衰竭，哪里还有闲心玩赏这五种东西呢？不过，我向朝廷提出退休已经三年了，总有一天，天子会发恻隐之心而同情我，让我退休，使我能够带着这五样东西一道回归田园，也许就可以实现我的夙愿了。这就是我要取号‘六一’的原因。”

客人又笑着说：“你只知道车马、服饰、符印、绶带劳累你的形体，就不知道这五样东西也会劳累你的内心吗?”

居士答：“不，受车马、服饰、符印、绶带之累，不仅劳苦，而且还多忧虑；受五物之累，既安逸又没有祸害。你说我该怎么选择呢?”

于是同客人一同站起来，握手大笑说：“算了吧，区区小事不值得计较。”

过一会居士又叹息说：“一个读书人年轻时做官，年老了退休，也有不等到七十岁的，我向来羡慕这样的人，这是应该离开官场的第一个理由。我也曾经受皇帝信任担当过要职，但至今没有做出值得别人称道的政绩，这是应该离开官场的第二个理由。年轻力壮时就已经是这样，如今年老多病，却要以难再强健的身体去贪取过分的荣禄，这将违背我向来的志愿而自食其言，这是应该离开官场的第三个理由。我具有这三条应该离去的理由，就是没有藏书、金石、琴、棋、酒这五样东西，也应该走了，还有什么好说的呢?”

熙宁三年九月七日，六一居士自记。

中华文史名著精选精译精注（全民阅读版）已出书目

书　名	导读人	审阅人
贾谊集	徐超、王洲明	安平秋
司马相如集	费振刚、仇仲谦	安平秋
张衡集	张在义、张玉春、韩格平	刘仁清
三曹集	殷义祥	刘仁清
诸葛亮集	袁钟仁	董治安
阮籍集	倪其心	刘仁清
嵇康集	武秀成	倪其心
陶渊明集	谢先俊、王勋敏	平慧善
谢灵运鲍照集	刘心明	周勋初
庾信集	许逸民	安平秋
陈子昂集	王岚	周勋初、倪其心
孟浩然集	邓安生、孙佩君	马樟根
王维集	邓安生等	倪其心
高适岑参集	谢楚发	黄永年
李白集	詹锳等	章培恒
杜甫集	倪其心、吴鸥	黄永年
元稹白居易集	吴大逵、马秀娟	宗福邦
刘禹锡集	梁守中	倪其心
韩愈集	黄永年	李国祥
柳宗元集	王松龄、杨立扬	周勋初
李贺集	冯浩菲、徐传武	刘仁清
杜牧集	吴鸥	黄永年

续表

书　名	导读人	审阅人
李商隐集	陈永正	倪其心
欧阳修集	林冠群、周济夫	曾枣庄
曾巩集	祝尚书	曾枣庄
王安石集	马秀娟	刘烈茂、宗福邦
二程集	郭齐	曾枣庄
苏轼集	曾枣庄、曾弢	章培恒
黄庭坚集	朱安群等	倪其心
李清照集	平慧善	马樟根
陆游集	张永鑫、刘桂秋	黄葵
范成大杨万里集	朱德才、杨燕	董治安
朱熹集	黄珅	曾枣庄
辛弃疾集	杨忠	刘烈茂
文天祥集	邓碧清	曾枣庄
元好问集	郑力民	宗福邦
关汉卿集	黄仕忠	刘烈茂
萨都剌集	龙德寿	曾枣庄
王阳明集	吴格	章培恒
徐渭集	傅杰	许嘉璐、刘仁清
李贽集	陈蔚松、顾志华	李国祥、曾枣庄
公安三袁集	任巧珍	董治安
吴伟业集	黄永年、马雪芹	安平秋
黄宗羲集	平慧善、卢敦基	马樟根
顾炎武集	李永祜、郭成韬	刘烈茂
王士禛集	王小舒、陈广澧	黄永年
方苞姚鼐集	杨荣祥	安平秋
袁枚集	李灵年、李泽平	倪其心
龚自珍集	朱邦蔚、关道雄	周勋初